할리우드
블러바드의 별

The Stars in
Hollywood Boulevard

곰곰동화나루

할리우드 블러바드의 별

김태영 동화집   The Stars in Hollywood Boulevard

곰곰나루

차 례

* 할리우드 블러바드(Hollywood Boulevard)는 미국 캘리포니아 주 로스앤젤레스를 동서로 관통하는 거리 중 하나다. 서쪽 할리우드 힐스(Hollywood Hills)의 Sunset Plaza Drive에서 동쪽 로스 펠리스(Los Feliz)의 Sunset Boulevard까지 할리우드, 이스트 할리우드, 리틀 아르메니아, 타이 타운, 로스 펠리즈 지역을 지나며 서로 연결된다. 이 가운데 2,300명에 달하는 세계 유명 영화인의 이름과 별무늬, 핸드페인팅 등을 새긴 '할리우드 명예의 거리(Hollywood Walk of Fame)' 일명 '스타의 거리'는 세계인들이 찾는 명소로 소문나 있다. 그 밖에 오베이션 할리우드(Ovation Hollywood) 쇼핑 거리, 엔터테인먼트 단지 등도 이 구역을 대표하는 곳이다.

할리우드 블러바드의 별

2024년 6월 현재, 할리우드 블러바드는 날마다 물청소를 해서 안방처럼 깨끗합니다. 세계에서 모여드는 가족단위의 관광객들로 활기가 넘칩니다. 거지요? 이젠 없어요. 모두 더 나은 삶을 찾아 갔을 거라 믿어요.
- 찰리와 왕자 강아지 올림

나는 눈을 감고 어젯밤 꿈을 생각해 봅니다. 내 주인 찰리가 좋은 꿈을 꾸어야 영화배우가 될 수 있다고 말했거든요. 찰리와 나는 영화배우가 되고 싶답니다.

우리는 별들이 새겨진 할리우드 블러바드에서 살고 있어요. 어젯밤에 꾼 꿈이 기억나지 않아요. 꿈에 비앙카 할머니가 나타났으면 좋았을 텐데. 늦게라도 찾아올지 모르니까 그대로 눈을 감고 있어요. 그런데 체로키 쪽에서 물탱크차 소리가 들려와 눈을 번쩍 떴어요.

저런! 오늘은 월요일, 할리우드 거리를 물청소하는 날이에요. 길바닥에 새겨진 별들의 얼굴을 씻어 주는 것이지요.

물을 가득 실은 물탱크차를 길가에 세워놓고 두껍고 긴 고무호스를 뽑아 물을 마구 뿌립니다. 고무호스는 물살이 세서 물총이라 부르지요. 틈새에 낀 먼지는 물론 자전거나 사람도 쓰러뜨릴 수 있어요. 더러워진 별들의 얼굴이 씻기고 가장자리를 둘러친 쇠붙이가 황금빛으로 빛날 때 내 가슴은 콩콩 뛰어요. 너무 멋져요. 내 이름과 찰리의 이름이 새겨진 별이 여기 박힌다면 아저씨가 내 얼굴을 깨끗이 씻어 주겠지요.

나는 꼭 배우가 되고 싶어요.

청소부 아저씨는 오렌지색 조끼에 고무장화를 신었어요. 팔뚝이 아주 굵어요. 무거운 고무호스를 들고 청소를 하려면 진짜 힘이 세야 한답니다. 아저씨가 점점 우리 집 쪽으로 오

고 있어요. 큰일 났어요. 찰리가 아직 자고 있으니 막아야 해
요. 물총은 자는 거지들을 피하지 않아요. 나는 아저씨 앞으
로 달려갔어요:

"굿모닝! 아저씨, 나한테 한번 쏴보세요. 난 안 넘어갈걸
요?"

아저씨가 씩 웃어요. 까만 입술 사이로 하얀 이가 옥수수
알처럼 빛납니다.

"너 목욕하고 싶구나? 씻겨줄까?"

"고마워요, 아저씨! 나는 세상에서 아저씨가 제일 좋아요.
헤헤헤."

지난 월요일에 했던 말을 똑같이 해도 아저씨는 처음 듣는
것처럼 좋아해요. 아저씨는 물총의 물줄기를 약하게 줄여서
내 몸과 더벅머리, 그리고 귓속까지 말끔히 씻겨 줍니다. 잿
빛이던 내 몸이 새하얀 프린스, 진짜 왕자가 되었어요.

툴툴툴, 물기를 털어내고 있을 때 나이키 운동화가 뛰어왔
어요. 5시에 걷는 코코 누나예요. 하늘색 운동화를 지나 까만
레깅스 파란 티셔츠 그리고 갸름한 흰 얼굴, 뒤로 묶은 기다
란 금발머리를 쳐다보지 않아도 코코 누나라는 것을 나는 알
수 있어요.

"히야, 이쁘다!"

"조심해, 춥다. 감기 걸리겠다."

누나는 허리에 맨 타올을 벗어 나를 감싸 안아요. 따뜻하고 포근해요. 고소한 쿠키 냄새에 코를 벌름거리면 손바닥에 쿠키를 놓아 주어요.

"얘, 프린스! 너는 네가 얼마나 귀여운지 모를 거야. 이렇게 예쁜 강아지는 세상에 너밖에 없어. 말티즈라고 다 이렇게 귀엽진 않지. 어디, 머리를 묶어 보자."

누나는 자기 머리를 묶은 고무줄을 풀어 실타래처럼 어지러운 내 머리를 위로 걷어 올려 묶어 주었어요. 팜츄리가 내 머리 꼭대기에 서 있는 것 같아요.

"말티즈는 이게 문제야. 머리카락이 눈을 가리잖니? 아이구, 우리 왕자님!"

코코 누나는 주머니에서 손톱 깎는 가위를 꺼내 내 눈 위의 머리털을 잘랐어요. 귀 끝에 너풀거리던 털도 잘라내자 땅에 닿던 귀가 깡총, 이제 바닥청소를 안 해도 되겠지요.

"잊지 마. 할리우드에선 언제나 긴장하고 있어야 해. 언제 행운이 찾아올지 모른단다. 깨끗하게 씻고 생긋 웃으며 인사를 잘 해야 해."

"요렇게? 요렇게, 누나?"

"그래, 그래. 바로 그렇게 활짝 웃는 거야. 아이구, 요 귀염둥이 넌 꼭 뽑힐 거다."

난, 알아요. 오늘 아침도 청소부 아저씨께 인사를 잘 해서

깨끗이 씻을 수 있었지요. 비앙카 할머니도 인사를 잘 해야 자다가도 떡이 생긴다고 가르쳐 주었답니다. 커튼처럼 내 눈을 가리고 있던 머리카락이 잘리니 할리우드 길이 훤히 다 보입니다.

"눈부시게 예쁘구나, 우리 왕자님! 하얀 구름 같다. 아니, 새하얀 솜 인형!"

그러나 나는 너무 좋아할 수 없어요. 밤이 되기도 전에 거리의 먼지를 뒤집어쓰고 거지꼴이 되고 말 거니까요.

"내 주인 찰리는 게을러서 자기 얼굴도 안 씻는데 날 씻겨 주겠어요?"

내가 걱정을 하자 코코 누나는 다시 위로해 줍니다.

"걱정 마. 아저씨가 널 씻겨준 걸 보면 행운이 온다는 증거야. 곧 촬영이 있대. 언제인지 나도 모르지만 준비하고 있어야 뽑히는 건 확실해. 알겠지? 오늘도 파이팅!"

코코 누나가 하이랜드 쪽으로 씩씩하게 걸어갔습니다. 풀잎같이 흩날리는 코코 누나의 머리카락 위로 엘카피탄 극장의 네온사인이 빨강 파랑 노랑 불빛을 마구 뿌려 줍니다. 코코 누나의 뒷모습이 보이지 않을 때까지 바라봅니다. 댄스 아카데미에 다닌다는 코코 누나의 꿈도 배우가 되는 것이랍니다. 언젠가는 극장 간판에서 코코 누나의 얼굴을 보게 될 것을 나는 믿어요.

코코 누나가 보이지 않자 나는 찰리에게 달려갔습니다. 물벼락은 피했네요. 그럴 줄 알았어요. 물청소는 오직 할리우드 블러바드, 별들의 얼굴만 씻으니까 찰리는 옆 골목으로 살짝 피했다가 다시 돌아와 자고 있어요. 다른 거지들도 마찬가지랍니다.

나는 구멍 난 아디다스 운동화 사이로 삐져나온 주인님의 엄지발가락을 깨물었어요.

"저리 가! 더 잘 거야! 까불지 말고 돈이나 벌어와, 인마! 아침 먹어야지."

사정없이 걷어찹니다. 굴러 떨어졌던 내가 튕겨져 일어나 주인님 코를 물어뜯어요. 할 수 없이 일어난 그는 벽에 등을 기대고 앉아 담배를 피우더니 꽁초를 길바닥에 튕겼어요. 제 안방에 쓰레기를 버리는 놈, 나쁜 놈, 거지같은 놈. 마구 퍼부어주고 싶지만 꾹 참았어요. 비앙카 할머니는 욕하면 그 욕이 반드시 다시 돌아온다고 말했어요. 겨우 참고 눈이 찢어져라 째려보기만 했어요. 하지만 주인님을 아랑곳하지 않고 명령입니다.

"야, 꼬맹아! 돈 벌어와! 주인님 배고프시다. 빨리 안 가니? 둘, 셋, 넷!"

죽고 싶니? 왕자님한테 거지 주제에. 어디라고 명령이야? 싫어, 안 가. 이렇게 소리치고 싶지만 주인한테 그럴 수는 없어요.

"알았어. 기다려. 돈 벌어올게. 잘 지켜봐야 해. 누가 잡아 가면 안 돼."

신호등이 바뀌자 사람들 틈에 섞여 길을 건너갔어요. 하이 랜드 사거리 전철역 앞, 팜츄리 아래 물고 간 광고용지를 펴 놓습니다. 내 사업 시작입니다.

아침 6시, 오가는 사람은 많지 않아요. 나는 세상에서 가 장 불쌍한 얼굴로 사람들의 눈을 맞추려고 애씁니다. 그럴수 록 그들은 내 눈을 피하지요. 너무 희고 깨끗하니까 거지같 지 않아서이지요. 영화배우가 되려면 깨끗해야겠지만 동냥 을 하려면 더러운 게 나아요. 나는 눈이 마주치기만 하면 그 눈길을 끌어다가 내 광고지를 읽게 해요. '배고파요. 돈 좀 주 세요.' 뻔뻔스럽지 않나요? 배고파 죽는 시늉쯤 식은 죽 먹기 죠. 영화배우가 될 강아지인걸요. 앗! 거지 할머니가 카트를 끌고 왔어요.

"저런, 배가 많이 고프구나. 나랑 같이 다니면 굶지는 않지. 같이 가자."

나는 재빨리 캉캉캉 짖었어요. 찰리가 불이 나게 달려왔어 요. 할머니는 라브레아 쪽으로 달아납니다. 할머니 키보다 높 은 쓰레기더미가 카트에서 위태롭게 흔들립니다.

"재수없게 거지 주제에 누굴 욕심내? 흥! 물어뜯어 놓지 그랬니?"

자기도 거지인 주제에 화를 내는 찰리를 빤히 쳐다보았죠.

나는 다시 배고프고 슬픈 얼굴로 돈을 구걸하고 있어요. 어떤 할아버지가 전철역에서 나오더니 내 앞으로 곧장 왔어요.

"너, 지난번에도 여기 있더니 또냐? 그 작은 배도 못 채우고 쯧쯧…."

나는 이때다 싶어 눈을 사르르 감고 옆으로 픽 쓰러졌어요.

"저런! 정말 기운이 없구나. 죽지는 말아야지. 먹을 걸 좀

사오마. 기다려라."

나는 고개를 살살 흔들었어요. 먹을 것 말고 돈만 달라고 손바닥을 핥았어요.

"돈을 달라는 말이구나. 여기 놓으면 누가 집어갈 텐데 어쩌나."

할아버지는 돈을 꺼내 들고 두리번거렸어요. 나는 캉캉, 캉캉 두 번씩 짖었어요. 신호를 듣고 약속대로 찰리가 재빨리 달려와 돈을 들고 달아났어요.

"오라, 네가 낚시꾼이구나. 어린 것을 시켜 구걸을 하는구면. 이런 못된 것!"

할아버지는 벌컥 화를 냈지만 찰리는 벌써 달아나고 없어요. 나는 할아버지 손바닥에 머리를 기대고 힘없는 얼굴로 눈을 깜박깜박하다가 꼬리를 살살 흔들어 주었습니다.

"알았다. 너 땜에 참는다. 배고프면 먹어야지. 배고프면 슬프지. 나도 그건 안다."

할아버지가 시계를 보더니 벌떡 일어나 막 도착한 217번 시내버스에 올라탔습니다. 숨어서 이 모습을 지켜보고 있던 찰리가 다시 달려왔어요.

"됐어. 오늘은 장사 끝. 빨리 밥 먹으러 가자."

신호등이 파란색으로 바뀌자 찰리는 길을 건너갔어요. 따라가던 나는 사거리 가운데 우뚝 섰어요. 도망가 버릴까 망설입니다. 이 자리에 서면 마음에 갈등이 생긴답니다. 지난 3 년 동안 쭉 그랬어요. 길은 네 갈래, 어디든 달려가면 좋은 주인을 만날 것 같았어요. 어쩌면 부자, 아니면 영화감독, 아니면 코코 누나 같은 친절한 사람. 고맙다는 말도 할 줄 모르는 거지 찰리보다는 나은 주인 말이에요.

수고했단 말도 없이 혼자 걸어가는 주인이 정말 미워요. 내가 바라는 건 '수고했다, 고맙다' 그 한마디뿐인데 말없이 혼자 가는 찰리가 너무 미워서 선셋 쪽으로 달아나려고 몸을 돌리는 순간 언제 왔는지 찰리가 내 목을 덥석 붙잡아 자기목 위에 목마 태웠어요.

그래요. 나는 또 붙잡혔어요. 붙잡힌 나는 어제와 똑같이 우리 집이 보이는 맥도날드 창가에 앉아 찰리를 기다립니다. 찰리는 맥도날드 화장실에서 세수하고 이 닦고 옷 갈아입고 마치 자기 집처럼 별별 일을 다 봅니다. 시간이 오래 걸려요. 기다리고 있자니 맨 처음 찰리와 만났던 일이 생각납니다.

3년 전 일입니다. 나는 선셋에서 비앙카 할머니와 둘이 살고 있었어요. 여기서 남쪽으로 두 블록 아래지만 할리우드는 잘 오지 않았어요. 거지들이 많아 할머니가 싫어했지요.

"내가 배우 일을 할 때만 해도 거지는 없었다. 식당이나 주유소에서 일하다 감독의 눈에 띄는 경우가 있긴 했지. 배우

되려고 무작정 찾아와서 거지 짓이라니 자존심을 지켜야지.”

할머니는 젊은 시절 단역 배우였답니다. 왕비의 하녀나 사장님 비서, 부잣집 딸의 친구 같은 역할을 했다고 합니다. 결혼을 한 번도 하지 않고 작고 예쁜 집에서 혼자 살았어요. 나이가 너무 드셔서 집밖에 멀리 나가서 활동하지 못하셨어요.

“너는 다른 강아지들하고 달라. 영리해서 뭐든지 가르치면 척척 잘 배울 거다. 나의 왕자님! 왕자는 의젓해야지. 품위를 지켜야 한다. 부지런히 준비하고 있으면 너는 어느 날 배우로 뽑힐 거야. 너를 믿는다. ‘고 미 안’을 잊지 마라.”

‘고 미 안’이 ‘고맙습니다, 미안합니다, 안녕하세요’라는 말이라는 걸 가르쳐 주었습니다. 웃는 얼굴에 인사를 잘하면 언젠가 나도 영화에 나오는 강아지가 될 거라 했습니다. 할머니는 젊은 시절에 술을 좋아했는지 간이 병들었어요. 좀 나아지면 나를 데리고 유니버설 스튜디오를 찾아가 영화에 출연시킬 길을 찾아보자고 약속했습니다.

그런데 어느 날 아침 할머니가 눈을 뜨지 않았어요. 옆집 사람들이 왔고 병원차가 할머니를 실어 갔어요. 문앞에서 울고 있을 때 옆집 아줌마가 “안 됐다. 할머니는 이제 집에 못 와.”라고 했어요. 그래도 나는 빈 집에서 하루 종일 할머니를 기다렸어요. “프린스 컴 온! 오! 나의 프린스 컴 온!” 금방이라도 할머니가 나를 부를 것 같아서 귀를 쫑긋 세우고 눈을 똑바로 뜨고 길을 바라보고 있었어요. 먹지도 않고 잠도 자지 않았어요.

그런 날들이 며칠이 지나갔어요. 어떤 차가 와서 집에 있는 물건들을 다 실어 갔어요. 자선단체에서 온 차였어요. 옆집 아줌마가 나를 얼른 들어올려 가슴에 꼭 안았어요.

"얘는 안 돼요. 비앙카 할머니가 애지중지하던 왕자님, 함부로 줄 수 없어요."

아줌마는 나를 그냥 넘길 수 없다고 소리쳤답니다.

"당신이 안 기를 거면 동물보호소에 신고할 거요."

"세상에! 안 돼요. 가엾은 것! 비앙카 할머니가 알면 기절하겠네. 내가 기를게요."

하지만 그 사람들이 떠나자마자 아줌마는 나를 땅에 내려놓으며 말했어요.

"미안해. 난 널 기를 수 없어. 다섯 마리도 정신이 쏙 빠진다. 하지만 너를 아무한테나 줘 버릴 수는 없었어. 좋은 생각이 있다. 맨 먼저 너를 가져가겠다는 사람이 널 갖게 하는 거다."

아줌마는 내 목에 무엇을 걸어 주었어요. 나는 그것이 내이름인 줄 알았어요. 할머니가 내 이름을 부르지 않으니 사람들에게 내 이름을 알려주나 보다 했지요. 맨 처음 나에게 온 사람은 키가 크고 멋져 보이는 청년이었어요. 그는 내 이름표를 읽어 보더니 큰소리로 물었어요.

"이 강아지 진짜 공짜예요? 거짓말 아니죠?"

아줌마는 대답 없이 청년을 요리조리 살펴보았어요. 우선 날씬한 몸매에 금발머리가 어깨까지 출렁거리는 모양이 맘에 들었나 봐요. 게다가 하얀 얼굴에 새파란 눈동자, 배우같이 잘 생긴 청년이 썩 맘에 들었어요.

"Free라고 써 있는 걸 보면 몰라요? 집이 어디예요? 혹시 예술가?"

"네. 그렇다고 할 수 있죠. 제 이름은 찰리, 할리우드에 살아요."

"할리우드 어디?"

"하이랜드요. 맥도날드 맞은편."

"거기 아파트가 있나?"

"모르세요? 새로 지은 아파트 여기 제 이름하고 전화번호요."

"애는 왕자로 길러졌어요. 보통 애가 아니니 함부로 하지 마세요. 할머니가 애지중지 길렀는데 갑자기 고아가 된 거예요. 전화번호 줄 테니 문제 있으면 연락해요. 아가, 미안하다."

글쎄 이름표가 아니고 Free, 공짜라는 표시였다니! 나는 서럽고 속상했어요. 이런 내 맘을 알지 못한 찰리는 그저 공짜가 좋아서 콧노래를 부르며 나를 목마 태우고 맥도날드로 걸어왔어요. 우리는 바로 이 자리에 앉았어요.

"자, 가족이 생겼으니 축하파티를 해야지? 옛다, 치즈버거다."

나는 치즈버거를 보자 눈물이 쏟아졌어요. 할머니가 돌아가신 지 얼마 되지도 않았는데 맛있게 먹어야 할 일이 슬펐어요. 며칠을 굶은 나는 벌써 침을 흘렸으니 민망한 일이었어요.

"울지 마라. 살아간다는 것은 슬픔을 참아내는 일이란다. 걱정 마. 할머니는 천국에 가셨을 거야. 널 이렇게 예쁘게 키워준 걸 보면 안다."

찰리가 하는 말이 공중에서 뱅글거렸어요.

한 무리의 거지들이 우리 옆을 스쳐 지나가며 찰리를 툭, 툭 치며 아는 체했어요. 딱 봐도 찰리도 거지라는 걸 알 수 있었지요. 영화배우가 아닐까 꿈에 부풀어 있던 나는 점점 힘이 빠졌어요. 왕자였던 내가 순식간에 거지가 되었다는 사실에 하늘이 무너지는 것만 같았지요. 나는 그만 엉엉 소리 내어 울었어요.

"쉿! 뚝 그치지 못해? 오늘부터 내가 주인님이다. 내 말 들어. 알겠니?"

찰리는 손가락으로 내 눈물을 닦아 주었어요. 손톱 사이에 새까만 때가 꼬질꼬질! 틀림없는 거지였어요. 슬픔이 복받쳐 올랐어요.

"저기 앞길 건너 하얀 빌딩 보이지? 퍼스트내셔널 빌딩, 할리우드에서 젤 멋져. 교황님의 모자를 본 따 지었단다. 멋지지? 저기가 우리 집이야. 그러니 울지 마, 짜샤."

나는 찰리가 가리키는 우리 집을 쬐끔밖에 볼 수 없었어요. 하필 우리가 앉은 유리창 밖에 마릴린 먼로 이름을 새긴 별이 있어 사람들이 벌떼같이 모여 앞을 가리고 있었거든요. 찰리는 음식을 다 먹자 나를 목마 태우고 콧노래를 부르며 길을 건너 내셔널 빌딩 앞으로 갔어요.

건물이 너무 높아 나는 누워서 교황님의 모자를 쳐다보았어요. 문이 꼭꼭 잠긴 빈 건물, 불빛 하나 없는 도깨비집 같았어요. 우리는 현관 벽에 등을 기대고 앉았어요. 열기를 머금은 벽은 따뜻했어요. 뱀, 해골, 장미, 청룡, 흑룡, 귀신 낙서가 서로 엉켜 꿈틀거리는 벽이었어요.

"너는 기차도 없고 바다도 안 보이는 데서 살 수 있니?"

찰리가 자기 발목에 앉아 관광객들을 멍하니 쳐다보고 있는 나한테 뜬금없이 물었어요.

"뭔 소리야?"

"난 그런 곳에서 빠져 나왔어. 담배냄새 지겨웠어."

찰리는 켄터키 어느 산골 담배농장에서 도망쳐 나왔답니

다. 몇 번 붙잡혀 갔지만 그때마다 다시 빠져나왔대요. 이제 부모님은 찰리를 더 찾지 않는다고 해요. 어렸을 때부터 춤을 잘 췄던 찰리는 배우가 되는 게 꿈이랍니다. 할리우드에 와서 아르바이트를 많이 했어요. 자주 오디션을 봐야 했기 때문에 일을 계속할 수가 없었어요. 오디션에 합격하는 건 별 따기만큼 어려웠어요. 돈도 없는데 꿈은 더 커져서 이젠 포기할 수가 없답니다.

"그래서 이제 어쩔 건데?"

나는 한심스럽다는 표정을 감추지도 않고 따져 물었어요.

"두고 봐. 난 꼭 성공할 거야."

"어떻게? 어떻게 배우가 된단 말이야?"

차마 '거지 주제에'라는 말은 할 수 없었어요.

"많은 젊은이들이 할리우드로 꿈을 좇아 찾아왔다. 머지않아 가져온 돈을 다 써버리고 거지가 된다. 따뜻한 이곳 날씨 때문에 길바닥에서 사는 일이 별 문제가 되지 않아. 더 큰 문제는 나쁜 담배에 중독되어 수치심도 없고 꿈도 없어진다는 것이다. 그저 하루살이가 되어 할리우드 바닥에 곰팡이나 진드기처럼 붙어살고 있어. 연기처럼 사라지기도 하지만 더 많은 무리들이 날마다 몰려들어 거지 천지가 된 것이야. 길바닥은 물청소하면 깨끗해지지만 사람은 쓰레기가 아냐. 쓸어 버릴 수가 없단다. 하지만 난 딴 거지들과는 달라. 나쁜 담배를 만지지도 않아. 난 여기서 반드시 꿈을 이룰 거야. 날 믿고 따라 와. 우린 오늘부터 가족이야. 가족은 서로 돕는 거 알지? 그걸 잊지 마라. 오늘부터 날 주인님이라 불러. 알았지?"

새빨간 해가 교황님 모자 위로 넘어갔어요. 나는 누운 채 비앙카 할머니를 생각했습니다. 하늘 저편 어딘가에서 나를 바라보고 있을 것만 같았어요. 언제나 나를 왕자님이라 불러주던 할머니. 거지를 주인님이라 불러야 하는 왕자님을 할머니는 어떻게 생각할까요?

그날 밤 해가 지자 다른 거지들이 하나둘 찰리를 찾아왔어요. 사실은 나를 보러 왔겠죠. 거지들은 나쁜 담배를 돌려가며 피웠어요. 그런데 다들 운동화 크기만 한 강아지 한 마리씩도 가지고 있더군요. 얼굴이 까무잡잡한 청년은 키가 작고 머리통이 큰데 머리카락이 엉겨 붙어 수세미덩어리를 머리에 이고 있는 것 같아요. 다 떨어진 검정 재킷 주머니에서 주먹만 한 까만 강아지가 얼굴을 내밀고 있었어요. 머리카락이 검정 실뭉치 같은 게 주인을 닮았어요. 키가 찰리만큼 큰 백인 청년은 턱 밑에서 가슴까지 용의 머리를 무늬로 새겼어요. 양쪽 팔뚝에도 뱀 무늬 타투, 손등에는 해골바가지, 온몸이 타투 투성이였어요. 발목 사이에는 치와와 한 마리를 끼워 놓았어요. 히히 웃는데 이가 새까맣게 썩었어요.

주인들이 담배를 피우는 사이 강아지들이 내 곁으로 동그랗게 모였어요. 눈곱과 때에 전 긴 머리털이 눈을 가려 서로 잘 볼 수도 없었어요. 하나같이 더러웠어요. 털이 똥과 오줌에 엉겨 붙어 냄새도 고약했어요. 털에 벌레라도 기어 다니는지 몸 여기저기를 긁어댔어요. 나, 말티즈와 치와와, 푸들, 요크셔테리어. 우선 네 마리 작은 귀염둥이들이 친구가 되었어요. 다들 족보가 있는 비싼 몸이죠. 주인만 잘 만났더라면 미용실에서 털 관리 발톱 관리 받으며 강아지 학교도 다니겠지요. 우리끼리 수다스러워지기 시작했어요.

"거지 주제에 혼자 살기도 힘든데 강아지는 왜 달고 다니나 몰라?"

"외로워서 그런대. 이름을 불러줄 사람이 필요하다 했어."

"가족이 필요하단다. 가족이 있어서 목숨을 유지할 수 있는 거라 했어."

"애들아, 주인이 화장실 갈 때 따라가서 씻겨 달라고 해. 소중하면 씻겨 줘야지."

나는 깨끗해야 얻어먹을 수 있고 배우로 뽑힐 수도 있다고 말했어요. 사실 할리우드엔 공중화장실이 없어요. 관광객뿐만 아니라 백 명이 넘는 거지들이 이용하는 화장실은 우리 집 앞 맥도날드 하나뿐입니다. 거지들은 눈치껏 씻고 볼 일 보고 재빨리 빠져 나오죠. 강아지까지 씻길 수 없겠죠. 그러나 꼭 씻어야 살겠다면 방법이 아주 없는 건 아니라고 그 비밀까지 가르쳐 주었어요. 친구를 보면 그를 알 수 있다는 말도 있죠. 나는 더러운 애와 같이 놀 수 없었어요. 하지만 시간이 지나도 그들은 조금도 달라지지 않았어요.

얼마 지나지 않아 찰리는 나를 하이랜드 사거리에서 구걸을 하게 했어요.

"창피할 거 없어. 이건 연습이야. 배우가 되려면 뭐든 다 해 봐야지."

"그래도 배고파 죽겠어요. 돈 좀 주세요. 이건 너무 창피해. 싫어, 싫어!"

"짜샤! 그럼 주인님인 내가 하랴? 너도 배우 되고 싶잖아. 연습이라니까, 연습!"

나는 죄인처럼 고개를 푹 숙이고 행인들의 발만 쳐다보고 있었어요. 돈은 늘 가난해 보이는 할머니나 할아버지가 주었어요. 그리고 나를 데려가고 싶어 자리를 떠나지 않았어요.

"어쩌다 이렇게 됐어. 쯧쯧쯧… 이름이나 있니? 좋은 날도 오겠지. 너무 슬퍼 마라."

등산모를 쓴 할머니가 구겨진 돈을 내 앞에 놓고 눈치를 살펴요. 난 비앙카 할머니 생각에 그 할머니를 따라가고 싶어졌어요. 이때 찰리가 바람같이 달려왔어요.

"할머니! 꿈도 꾸지 말아요. 얜 왕자님, 내 왕자예요."

찰리는 돈과 나를 낚아채 달아났어요.

우리는 어느새 맥도날드 창가에 앉아 있었어요. 화장실에서 세수하고 머리를 빗어 넘긴 찰리가 의자에 등을 기대고 앉아 천천히 커피를 마셨지요. 뽀얀 얼굴 하얗고 긴 손가락, 길고 곱슬곱슬한 금발머리, 얼마나 멋진지 몰라요. 영화촬영을 하다가 맥도날드에 잠깐 들린 가짜 거지, 그 옆에 새하얀 복슬강아지 나, 거지 역을 맡은 진짜 배우가 커피 타임을 갖는구나 하고 생각하는 어떤 아가씨가 싸인을 받으러 왔어요. 찰리는 씩 웃으며 싸인을 해주었죠. 내가 봐도 주인님은 배우 같았어요.

그날 기분이 좋아진 찰리가 나를 데리고 산타모니카로 놀러갔어요. 하이랜드에서 레드라인 전철을 타고 7가에서 블루라인 기차로 바꿔 타고 종점에서 내리면 바로 산타모니카 해변입니다. 찰리는 기분이 좋거나 너무 안 좋을 때 기차를 타는 버릇이 있어요. 우리는 다른 사람들처럼 모래사장에서 공놀이를 하며 놀았어요. 나는 서핑하는 아저씨를 따라 파도타기를 하다가 그만 물에 휩쓸리고 말았어요. 찰리가 바람처럼 달려와 나를 움켜잡고 모래사장으로 나왔어요. 찰리는 모래톱 위에 누워 꼼짝하지 않았어요. 죽은 상어 같았어요. 헤엄을 잘 칠 줄 모르는 그가 얼마나 힘들었을까요? 나도 그의 배위에 정신을 잃고 늘어져 있었어요. 얼마큼 시간이 지나자 찰리가 갑자기 나를 으스러지게 껴안으며 말했어요.

"야, 프린스! 죽지 마! 죽으면 안 돼. 난, 이제 너 없인 못 살아. 죽지 마!"

감은 내 눈에서 눈물이 주루룩 흘러내렸어요.

"짜샤! 가족은 함께 사는 거야. 죽지 마! 그동안 미안했어. 그러니 제발 죽지 마!"

더 참을 수가 없어 찰리의 목을 꼭 껴안았어요. 눈을 뜨고 그의 얼굴을 바라보았어요. 새파랗게 질린 얼굴이 눈물범벅이 되어 있었어요. 나는 주인님을 떠나지 않겠다고 속으로 맹세했어요.

우리는 또다시 H&H, 하이랜드와 할리우드 사거리로 돌아왔어요. 그날은 특별한 날인가 봐요. 찰리가 나를 데리고 체육관에 가서 몸을 씻고 돌아오는 길이었어요. 하드 락 카페를 지나 차이니스 극장 앞을 지날 때까지 한 줄로 늘어선 팜츄리들이 허리 굽혀 인사를 했어요. 초록색 머리칼을 흔들며 찰리와 나를 반겨 주었어요. 나는 찰리의 목에 목마를 타고 두 귀는 팔랑팔랑 춤을 추었어요. 찰리의 금발머리도 등 뒤에서 춤을 추었어요. 휘파람을 불며 별을 밟고 가는 키 큰 찰리를 사람들은 고개를 돌려 쳐다보았어요. 좋은 일이 있는 것 같았지요. 예수님같이 깨끗해진 찰리의 얼굴은 빛이 났어요.

그날 밤이었어요. 할리우드의 밤은 잠들 수 없답니다. 관광객들은 모처럼 찾아온 할리우드에서 일찍 잠자리에 들어가려 하지 않아요. 촘촘히 박힌 술집이랑 작은 극장들이 밤새내내 문을 열고 있었어요. 노래하고 춤추며 마치 세상 마지막 날처럼 소리 지르며 놀았어요. 자정을 넘기고 다음 날 2시가 되어서야 완전히 조용해져요. 여태 잠 못 들고 있던 나는 잠을 자려고 눈을 감았어요. 그때 찰리가 나를 흔들었어요.

"프린스, 날 따라와! 쉿, 살금살금!"

다른 거지들은 자벌레처럼 쭈그리고 자고 있었어요.

"어딜 또 가는데? 아이 졸려. 날 좀 내버려 둬."

"짜샤! 잔 말 말고 따라 와. 주인님 말씀 들어야지."

찰리는 길을 건너 차이니스 극장 앞으로 왔어요. 여기는 내가 아는 배우들의 별들이 많아요. 비앙카 할머니랑 날마다 영화를 봐서 옛날 배우들을 나는 많이 알지요. 그레타 가르보, 올리비아 뉴튼 존, 줄리 앤드류스, 존 트라볼타, 로빈 윌리엄스, 엘튼 존, 잭 니콜슨, 마이클 잭슨… 스타들을 밟고 가다가 마이클 잭슨 별에서 딱 멈추어 섰어요. 찰리는 그 자리에 스마트폰을 놓고 마이클 잭슨 노래 'Beat it'을 틀었어요. 노래가 터져 나오자 윗도리를 벗어던지고 바로 빙그르 한 바퀴 돌면서 춤을 추기 시작했어요. 마치 무덤에서 솟아나온 마이클 잭슨이 춤추는 것 같았어요. 정확하게 움직이는 그의 손과 발 동작이 로봇 같았어요.

"오디션에서 자꾸 떨어지니까 자신이 없더라. 한동안 춤 출 수 없었다. 이제 출 수 있을 것 같아. 가족이 생겼으니까. 너랑 연습하면 될 것 같다는 자신이 생겼어. 열심히 해 보자."

"좋아. 나도 배우가 되고 싶었어. 그게 내 꿈이었는데 잊고 살았네."

찰리는 마이클 잭슨을 무척 좋아해요. 마이클 잭슨 음악을 틀어놓고 마이클 잭슨 별 위에서 마이클 잭슨이 추었던 춤을 춥니다. 아주 똑같이 추고 있어요. 하늘에서 별들이 고개를 내밀고 총총 우리를 내려다보고 있어요.

우리는 밤마다 날이 새도록 춤 연습을 했어요. 내가 그렇게 춤을 잘 추는지 처음 알았어요. 우리는 봄, 여름, 가을, 겨울 하루도 쉬지 않고 연습했어요. 배가 고픈 날은 피자 집 쓰레기통을 뒤져 먹으며 날아오를 듯이 춤 연습을 했어요.

어느 날 아침이었어요. 나는 그 날도 아주 익숙하게 돈을 구걸하고 있었어요. 새벽마다 지나가는 코코 누나의 모습이 보였어요. 나는 너무나 깜짝 놀라 그만 내 머리통을 가랑이 속에 처박아 동그란 공을 만들고는 코코 누나가 빨리 지나가기를 기다리고 있었어요. 그런데 코코 누나가 나를 덥석 안았어요.

"어머나, 여기 예쁜 공이 있네! 한 번 안아 봐도 될까?"

아, 쿠키 냄새! 나는 그만 누나! 하고 부를 뻔했죠. 코코 누나도 내 냄새를 킁킁 맡아 보았어요.

"이런, 이런! 프린스 아냐? 돈 좀 주세요? 왕자님이 구걸을 해서 쓰나."

나는 그만 울고 싶었어요. 배우 연습하는 거라고 거짓말하고 싶어졌어요. 코코 누나한테는 거지꼴을 보이고 싶지 않았거든요. 또다시 주인님이 미워지려고 했어요.

"괜찮아, 눈 떠. 배고프면 먹어야지. 부끄러운 일 아냐. 우선 이 쿠키 먹고 내 말 잘 들어. 너, 할리우드 강아지답게 배우가 되는 꿈을 꾸어보는 게 어때?"

"어떻게?"

춤 연습을 비밀로 하라고 했기 때문에 시치미 뚝 떼고 이렇게 물었어요.

"꿈은 이루어지라고 있는 거야. 너, 길거리에서 돈을 구걸하고 싶진 않지?"

"싫어, 싫어. 난 배우가 되고 싶어. 그래서 춤 연습을 열심히 하고 있어."

"맞아. 넌 그게 더 어울린다. 니가 젤 잘 하는 걸 해. 쬐끔 잘 해서는 안 돼. 아주아주 최고로 잘해야 배우가 될 수 있어. 그래, 내가 볼 때 넌 할 수 있어."

이제 거지 노릇 하는 걸 코코 누나한테 숨길 것도 없게 되었어요. 누나는 학원 가는 길에 언제든 찾아와서 쿠키도 주고 용기도 심어 줬어요. 꿈을 품고 할리우드를 찾아왔다가 사라진 수많은 젊은이들의 가슴 아픈 얘기도 들려 주었어요. 나는 찰리가 나쁜 담배를 피우지 않는 것이 자랑스러웠어요. 코코 누나에게 아직 비밀을 털어놓지 않았지만 밤마다 교황님의 모자를 쳐다보며 간절히 기도했어요.

"교황님! 내 할머니 비앙카 아시죠? 나를 배우 시켜 준다고 했는데 돌아가셨어요. 지금은 하늘나라에서 나를 보고 있겠지요. 나를 위해서 아무 것도 해줄 수 없어 울고 있겠죠. 난 알아요. 교황님은 날 위해서 할 수 있어요. 교황님이니까요. 찰리와 나는 춤추는 배우가 되고 싶어요. 보셨죠? 우리가 얼마나 열심히 연습하는지. 부탁입니다. 교황님! 기회를 주세요. 사람들이 우리가 춤추는 걸 보며 웃으면 좋겠어요. 웃으면 걱정을 잊고 행복해지니까요."

봄이 돌아왔어요. 할리우드 블러바드에는 팜츄리 사이사이 자카란타 나무가 서 있어요. 봄이면 보라색 꽃이 구름처럼 피어납니다. 코코 누나는 조그만 나팔 모양의 보라색 꽃을 두 손 가득 가지고 와서 하트 모양을 만들었습니다. 아직 싱싱한 꽃이 아침 바람에 떨어져 길 위에 이리저리 굴러다니면 내 마음이 조마조마해집니다. 누군가 꽃을 밟고 지나갈 테니까요.

"꿈은 그냥 이루어지지 않는단다. 기회를 붙잡아야 해. 이 꽃 좀 봐. 떨어졌지만 예쁜 하트가 되었지? 저 꽃은 어떠니? 벌써 누가 밟아버렸네. 기회가 지나갔어. 기회를 붙잡으려면 눈에 띄어야 해. 연습해야 해. 준비되어 있지 않으면 기회란 비행기처럼 지나가고 말아."

코코 누나는 하이랜드에서 '라라랜드'라는 영화 촬영이 있을 것 같다고 하면서 단단히 준비하고 있으라고 일러 주었어요. 누나도 그 일 땜에 너무 바빠 볼 수 없게 되었어요. 촬영을 하거나 말거나 할리우드 거지들과는 아무 상관이 없겠지요. 그렇지만 조금만 관심을 가지면 놀라운 일도 생길 수 있어요. 촬영 현장을 구경하다 뽑혀 배우가 된 사람도 있었답니다.

나는 거지 강아지 친구들에게 기쁜 소식을 전했어요. 라라랜드 촬영이 있다더라, 혹시 모르니 깨끗이 씻고 기다려라, 춤 연습도 좀 하고 웃는 연습도 좀 해 둬라. 친구들은 물이 없다 불평했어요. 찾아 봐, 찾아 보란 말이야! 소리를 지르는데 왜 눈물이 그렇게 나는지 알 수 없었죠.

드디어 라라랜드 촬영이 있는 날입니다. 며칠 전부터 하이랜드와 오렌지 드라이브 사이를 통행 금지시키고 촬영 준비를 하는 걸 보았어요. 커다란 조명등이 양쪽으로 백 개쯤 세워졌지요. 음향 시설도 어마어마했어요. 처음 보는 영화 촬영장비들이 놀랍고 신기했어요.

배우들이 오기도 전에 사람들이 구름같이 모여들었어요. 찰리는 나를 목마 태우고 맨 앞자리에 섰어요. 내 거지 친구들도 어딘가 박혀 구경하겠지요. 내가 절대 놓치지 말라고 했으니까요.

노란 버스가 도착 했어요. 배우들이 와르르 차에서 내리더니 넉 줄로 줄 맞춰 섰어요. 여자들은 분홍빛 핫팬티에 분홍 배꼽 티셔츠 차림에 머리는 뒤로 묶었어요. 남자들은 하늘색 반바지에 무릎까지 오는 하얀 부츠, 하늘 색 배꼽티를 입었어요. 그들은 팔과 다리를 흔들며 물구나무서기도 하고 덤블링도 하면서 몸 풀기를 했어요. 아직 영화 촬영 시작도 하지 않았는데 나는 이미 흠뻑 빠져들었어요. 배우들은 너무 멋져 보였어요.

음악이 터져 나왔어요. 마이클 잭슨의 'Beat it'이었어요. 우리가 밤마다 연습했던 그 곡! 처음엔 못 알아들었다니까요. 스마트폰으로 듣던 노래와는 비교도 안 되죠. 크고 웅장하고 아름답고 힘찼어요. 나는 발버둥쳤어요. 뛰어들어가 춤을 추고 싶었어요. 찰리도 어느새 좁은 틈에서 장단을 맞추고 있었어요.

음악에 맞춰 춤추는 배우들의 모습은 사람 형상이 아니었어요. 똑같은 동작으로 날아오르고 구르고 돌고 파도치고, 마치 새들의 무리를 보는 것 같았어요. 넋이 다 빠져 바라보았죠. 쬐끔 잘 해선 안 돼. 누나의 말이 생각났어요.

앗! 나는 맨 뒷줄 가장자리에서 춤추는 하얀 강아지를 보았어요. 콩콩 튀는 공 같았어요. 새하얀 강아지가 주인 누나랑 춤추고 있었어요. 나하고 똑같이 생긴 말티즈예요. 너무나도 부러웠어요. 나는, 나는 그 애보다 더 잘 출 수 있을 것만 같았어요. 또 가슴이 콩닥콩닥 뛰었어요. 아무것도 안 보이고 온통 그 강아지만 보고 있어요. 이때였어요. 강아지의 짝꿍 누나가 갑자기 픽, 쓰러지는 게 아니겠어요?

나는 나도 모르게 휘잉 달려가서 누나를 붙들고 캉캉캉 짖어댔어요. '여기 사람이 쓰러졌어요. 빨리, 빨리 병원으로 가야 해요!' 소리쳤지요. 감독은 모르고 계속 촬영했어요. 하지만 찰리가 달려왔어요. 키 큰 찰리가 벌떡 일어나 두 팔을 휘두르며 "엠뷸런스! 911!" 외쳤어요. 모든 음악이 뚝 멈추고 감독이 달려왔어요. 곧이어 의료팀이 누나를 싣고 갔어요. 강아지도 따라갔어요.

"아이고, 너무 무리를 했어. 하루 여덟 시간씩 연습을 했으니, 쯧쯧."

여기저기서 안타까운 소리가 들려왔어요. 감독은 마지막 촬영이니 시간 안에 끝내야 한다며 더 크게 음악을 틀었어요. 그러자 이상한 일이 벌어졌어요. 배우가 떠난 자리에 서 있던 찰리와 나는 우리도 모르는 사이에 배우들과 똑같이 춤을 추고 있었어요! 아니, 어쩌면 배우들보다 더 열심히 추었던 것 같아요. 너무나 자연스럽게, 너무나 멋지게, 너무나 기쁘게. 그럴 수밖에 없었어요. 그 곡은 우리가 3년 동안이나 밤마다 연습했던 춤이었어요. 꿈속에서도 눈 감고 출 수 있었어요. 구경꾼들이 소리소리 지르며 우리를 응원했어요. 할리우드 거지 떼들이 "찰리! 찰리!" 외쳤어요. 사태를 파악한 감독이 잠깐 음악을 끄고 찰리에게 왔어요.

"너같이 잘하는 애들 또 있니? 있으면 여기로 불러 모아 봐. 헤이, 조감독! 유니폼 있지?"

조감독이 의상팀을 불러 재빨리 파란 단체복과 하얀 부츠를 가져오게 했어요. 옷을 갈아입은 찰리의 모습을 보았으면 아마 기절했을 거예요. 진짜 너무 멋진 배우였어요. 찰리는 친구 거지들에게 달려가서 빨리 강아지랑 같이 나와 춤을 추자고 소리쳤어요. 모두 슬슬 피했어요. 더러운 옷에 찢어진 신발 괜찮아요. 옷은 갈아입으면 되니까요. 강아지도 몇 달을 안 씻겼는지 먼지와 오줌에 절어 있어요. 괜찮아요. 금방 씻기면 되겠지요. 하지만 글쎄, 춤 연습을 한 번도 하지 않았대요. 연습할 생각조차 안 했다고. 제자리로 돌아온 찰리는 힘없이 고개를 흔들었습니다. 나는 왜 또 그렇게 눈물이 나는지.

"할 수 없지. 자, 시간 없다. 빨리, 빨리. 더 신나게 알겠지? 오늘 끝내야 한다."

감독의 재촉에 라라랜드 마지막 장면이 다 끝났어요. 배우들이 하나둘 자기 짐을 챙겨들고 영화사 차에 오르기 시작했어요. 찰리와 나만 그 자리에 우두커니 서 있었어요. 우리는 배우가 아니었어요. 이때 오렌지 드라이브 쪽에서 여자 배우가 꽁지머리를 찰랑거리며 우리 앞으로 뛰어왔어요.

"하이, 프린스! 그것 봐, 해냈잖아! 장하다, 너무 멋져! 오늘은 네가 주인공이야!"

코코 누나였어요. 누나는 나를 번쩍 안아 올려 세 번 네 번 다섯 번이나 뽀뽀를 했어요. 찰리하고도 인사를 나누었어요. 누나가 배우라는 것이 무척 자랑스러웠어요. 감독도 우리를 찾아왔어요.

"이것은 오늘 하루 일한 돈, 출연료야. 배우 되고 싶으면 내일 내 사무실로 찾아오너라. 정식으로 오디션을 거쳐 일해 보자."

감독은 찰리에게 명함을 주었어요. 우리들은 내일 코코 누나와 만나 같이 감독님을 만나러 가기로 약속하고 맥도날드로 걸어갔어요. 하늘의 별과 땅바닥에 새긴 할리우드 블러바드 별들이 모두 우리를 축복해 주는 것 같은 밤이었어요.

아, 교황님 감사합니다. 비앙카 할머니, 고마워요. 주인님, 감사해요. 코코 누나, 사랑해요.

나는 중얼거리고 있었어요.

할리우드 친구들

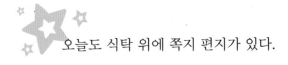오늘도 식탁 위에 쪽지 편지가 있다.

- 앤디! 좋아하는 투나 샌드위치 만들어 놨다. 아침. ㅎㅎ. 점심
은 볶음밥. 1분간 데워 먹는 거 잊지 마라. ㅎㅎ. 4시에 돌아올 거
야. 밖에 나가지 말고 문단속 잘하고 있어야 해. ㅎㅎ. 사랑하는 엄
마가.

ㅎㅎ. 또 ㅎㅎ. 이런 건 엄마가 미안할 때 쓰는 콧소리다.
나는 편지를 구겨서 휴지통에 던져 넣고는 식탁을 후려쳤다.
갑자기 눈물이 핑 도는 것을 감추기라도 하려는 듯이 창가로
가서 밖을 내다본다. 할리우드산과 나 사이에 비가 커튼처럼
가로막고 있다. 며칠 전부터 갈피를 못 잡고 흔들리는 내 마
음처럼 자전거 한 대가 비틀거리며 지나갔다. 장터같이 붐비
던 길이 꿈속처럼 텅 비어 있다. 다람쥐도 보이지 않는다. 방
안에 갇혀 지내는 일은 슬프다. 외롭다. 화가 난다. 학교 가기
싫은 날도 많았고 혼자 있고 싶은 날도 많았는데 날마다 집
에 있게 되니 마음이 불편하다. 왜 그러는지 나도 모르겠다.
투나 샌드위치 먹기 싫다. 그저 뛰어나가고 싶다. 유령의 도
시 가운데 혼자 서 있으면 무섭겠지. 문을 열 때, 엘리베이터
번호를 누를 때 장갑을 껴야 한다는데 장갑이 없다. TV를 켜
본다. 3월 19일 0시를 기준으로 행정명령이 내려졌다고 한다.

- 시민들은 밖으로 나가지 마라.
- 약국, 병원, 세탁소, 주유소, 마켓 등을 빼고는 대부분의 가게는 문을 닫을 것이다.
- 사람과 사람 사이는 6피트를 유지해야 하고 마스크를 써야 한다.

이 명령은 4월 19일까지 유효한 거라는데 더 연장될 수도 있는 거다. 현재 코로나바이러스 확진자 수는 1만명이 넘었고 사망자 수는 150명이다. 캘리포니아 그 어느 곳도 안전지대는 없다.

나는 이것 때문에 벌써 2주째 학교에 가지 못하고 있다. 수업 끝나고 엄마가 올 때까지 나를 맡아주던 집도 문을 닫았다.

"어쩌면 좋으냐, 주저앉아 있을 수도 없고."

한숨만 푹푹 쉬던 엄마가 내 손을 꼭 잡고 살 길을 일러 주었다.

"앤디, 잘 들어. 집에 꼭 박혀 있어야 하는 거야. 관리실 눈에 띄면 안 돼. 넌 아직 어려서 혼자 다니면 정부에서 데려가. 절대, 절대로 나가면 안 돼. 큰일 나. 알았지? 약속해."

난 약속을 지킨다 해 놓고 가끔씩 할리우드산에 올라가기도 했다. 그런데 뉴스에서 진짜 나가지 말라고 한다. 밖에 사람이 안 보이니 우주에 나 혼자 남아 있는 것 같다. 외계인의 침략을 받아 다 죽었을까? 컴퓨터를 켠다. 숙제를 하다가 닫아 버린다. 마음이 내키지 않는다. 말할 사람이 없다. 말을 하지 않고 있으니 죽은 것 같다.

"엄마 뭐해?"

"일하고 있지. 쓸데없이 약국에 전화하지 말라고 했지? 얼른 끊어."

괜히 눈물이 찔끔. 밥은 먹었니? 심심하지? 좀 친절할 수도 있을 텐데 엄마는 늘 쌀쌀맞게 전화를 끊으라고만 한다. 전화해 볼 사람이 없다. 친할머니와 외할머니는 나를 내 새끼, 내 강아지라 부른다. 엄청 사랑해서 그런단다. 세 살 때 한 번 만났다는데 생각나지 않는다. 할머니들은 한국에 산다. 혼자 있을 때 돌봐주지 않는다면 그것이 어떤 사랑인지 잘 모르겠다. 아마 동화책 주인공 때문에 우는 그런 사랑인지도 모르겠다.

투나 샌드위치를 째려보다가 방으로 들어왔다. 침대에 걸터앉아 발을 대롱대롱, 키가 쑥 자라 지붕을 뚫고 하늘로 날아가면 좋겠다. 공룡 그림책도 오늘은 싫다. 팽개쳐 버린다. 봄이 왔다는데 손발이 시리다. 이불 속에서 몸을 공같이 구부리고 눈을 감았다.

틱톡틱톡 틱톡틱톡.

"어? 무슨 소리야? 거기 누구 있어? 빨리 나와 봐."

틱틱틱틱 틱틱틱틱.

"침대 밑인 것 같은데? 빨리 나와. 누구야?"

나는 벌떡 일어나 침대 밑을 살펴보았다. 분명히 소리가 들렸는데 보이는 건 없다. 손전등으로 구석구석 비춰 보았다. 네 귀퉁이를 꼼꼼히 뒤지다가 벽 아래쪽 구석에서 초록색 사탕 같은 걸 하나 찾아냈다. 손바닥에 놓고 보니 바로 초록이였다.

"맙소사! 너, 너 초록이 아냐? 초록아! 살아있었구나! 죽은 줄 알았잖아."

손바닥에 놓인 아기거북이 꼼질꼼질하며 목을 내밀었다. 초록이가 슬픈 눈으로 나를 보았다. 마음의 쓰라림이 너무나 커서 소리치고 싶어도 말이 나오지 않는 그런 눈으로 나를 바라보는 초록이.

작년 겨울, 바람 많이 불고 비 오는 토요일 아침이었다. 아빠는 말리부 해변으로 서핑하러 갔다가 파도에 휩쓸려 사고를 당했다. 해양구조대에 따르면 커다란 바다거북을 피하려다가 균형을 잃은 것 같다고 했다. 그까짓 거북을 살리려다 사람이 죽느냐고 엄마는 가슴을 짓찧었다.

바닷가는 추웠다. 나는 바람 때문에 고개를 숙였다. 방울토마토만 한 아기거북 한 마리가 내 발 아래서 앙앙 울고 있었다. 완두콩 색깔이었다. 그 애도 누군가의 보살핌이 필요할 것이다. 나는 얼른 주머니에 집어넣었다.

아빠가 없는 집은 이상하기만 했다. 엄마와 나는 말을 잘 하지 않았다. 슬픔을 참느라 애쓰다 보니 우리는 화난 사람들 같았다. 건드리기만 하면 터져 버릴 것 같은 울음보를 들키지 않으려고 껴안고 있었다. 견디기 힘든 시간 속에 움츠리고 있던 집을 팔고 우리는 아파트로 이사했다. 아파트는 어떠한 동물도 키울 수 없다 했다. 내가 태어날 때부터 함께 자랐던 장군이를 이웃집에 주었다. 아빠를 잃어 버렸을 때처럼 많이 울었다. 지금도 미안한 마음 때문에 어떤 강아지의 눈도 똑바로 바라보지 못한다.

나는 아기거북을 조그만 어항에 넣고 몰래 기르기 시작했다. 아기거북과 나는 물론 금세 친해졌다. 아빠가 살아있을 때만큼은 아니라도 다시 명랑해졌다.

"너는 내게 웃음을 줬어. 너를 초록이라 부를 거야!"

초록이를 기르는 일은 비밀이라 조마조마했다. 하지만 역시 비밀은 오래 가지 못했다. 엄마한테 들키고 말았다. 나는 사실대로 말했다.

"그러니까 너는 원수의 자식을 친구로 삼았구나. 더구나 애완동물은 절대로 키우면 안 된다는 아파트 규칙까지 어기고? 우린 곧 쫓겨나게 될 거다. 내다버렷! 당장 빨리!"

새빨갛게 달아오른 엄마의 얼굴은 정말 무서웠다. 머리털

속에서 뿔이 돋아날 것만 같았다. 나는 파리처럼 두 손을 싹싹 비비면서 빌었다.

"엄마, 제발, 얘는 그 바다거북의 아기가 아니에요. 감쪽같이 몰래 기를게요. 맹세해요, 엄마. 장군이도 없는데 나는 어떻게 살아요? 부탁해요."

눈물 콧물 흘리며 사정사정하여 겨우 허락을 받아냈다. 그런데 어느 비 오는 일요일 아침, 자전거를 타고 오니 초록이가 없어졌다. 나는 마치 지진이라도 난 듯이 놀라 소리 지르며 온 집안을 뒤졌다. 없었다. 우리가 서로 헤어지는 꿈만 꾸어도 베개가 젖도록 울곤 했던 나다. 진짜 없어졌으니 미친 아이같이 울부짖었다. 세수도 않고 머리도 빗지 않았다.

두 번, 세 번, 열 번 물어봐도 엄마는 모른다고 했다. 밤마다 악몽을 꾸었다. 괴한들이 초록이를 훔쳐가는 꿈, 장군이가 괴물로 변해 그 애를 우적우적 씹어먹는 꿈. 나는 밥맛을 잃었다. 말 없는 아이가 되었다. 웃지도 않았다. 학교는 억지로 갔다. 빈 어항을 바라보면 마치 바늘로 심장을 찌르는 것처럼 아팠다. 할리우드 뒷산에 올라가 소리만 질렀다.

"초록아, 돌아와! 돌아와 빨리, 초록아!"

이렇게 살고 있는데 난데없이 코로나바이러스가 지구를 습격했다. 나는 방에 갇혀 있다. 수수께끼에 쌓인 다른 별의 이야기라면 좋겠다. 내가 정말 지구에 살고 있는 것일까. 내가 이렇게 실의에 빠져 있을 때 초록이가 다시 나타난 것이다.

"초록아, 도대체 어떻게 된 거야?"

초록이는 작은 입을 오물오물 차마 얘기를 시작하지 못했다. 목을 몸통 깊숙이 감추었다 꺼내기를 여러 번, '한 톨도 숨김없이' 재촉하는 나 때문에 결심한 듯 털어 놓았다.

"네 아빠 살아있고 앤디 아빠 죽었는데 니가 무슨 염치로 앤디가 주는 밥을 낼름낼름 받아먹고 살아있니? 너만 보면 불이 난다. 죽여 버릴 거야. 죽어라, 죽어."

비 오는 그날 아침도 네가 나간 사이에 마귀 같은 네 엄마가 미안. 네 엄마는 나한테는 신데렐라의 계모 같았어. 젓가락으로 내 머리통을 톡톡 치고 내 목을 꼬집고, 내가 목을 감추면 억지로 잡아 빼서는 헝겊으로 칭칭 감고는 마구 구박했다.

"꼴 좀 봐라, 멍청이. 꼴도 보기 싫어. 아휴, 냄새나. 없어지라구!"

사실 네가 없을 때면 네 엄마가 언제나 나를 때렸지만 그날 아침은 이상하게 신경질이 심했어. 나를 벽에 던져 버렸어. 그만 기절하고 말았지. 한참 후에 깨어난 나는 침대 밑으로 기어 들어갔다. 네 엄마한테 잡히기 싫었어. 네가 울고불고 할 때 가슴이 찢어지는 것 같았지만 나갈 용기가 나지 않았다. 구석에 박힌 나를 찾아내 주길 바랐지만 찾지 못했지.

밤이 하늘에 걸린 별마다 등불을 밝힐 때 나는 비로소 버려진 것을 깨달았어. 그리고 배가 고팠다. 하지만 배고픔은 너를 다시 만나지 못할 거라는 괴로움에 비하면 아무것도 아니었다. 친구야, 어떻게든 내 처지를 잊고 싶었다. 그래서 잠을 자려고 눈을 꼭 감고 있을 때 누가 나를 부르는 소리가 들렸어.

"초록아, 이리 내려와. 여기 작은 구멍이 있어."

나는 그 소리에 구멍 속에 들어가 있었던 거야. 거기서 먹고 놀고 그렇게 지내고 있었지.

나는 초록이가 하는 말을 하나도 믿을 수 없었다.

"아니, 침대 밑에 구멍이 있었단 말이니?"

"응. 침대 밑 어두운 구석에 작은 구멍이 하나 있었어."

"어디 보자. 진짜야?"

우리는 침대 밑으로 기어 들어갔다. 먼저 초록이가 단춧구멍처럼 작은 구멍 속으로 쏙 들어가서 목을 내밀고 나를 불렀다.

"앤디, 빨리 들어와."

"말도 안 돼. 어떻게 사람이 거길 들어가니?"

장난으로 새끼손가락을 슬쩍 넣어 보았을 뿐인데 어느새 나는 구멍 속으로 슝~ 빨려 들어가더니 아파트 밖으로 나와 있었다. 그곳은 바로 우리 집 앞길 별들이 총총이 박혀 있는 할리우드 블러바드다.

"나만 따라와. 내가 불렀어."

이건 누구야? 통통한 갈색 다람쥐, 내가 아는 토끼처럼 커다란 다람쥐였다.

"앤디, 맞아. 네 방에서 나 많이 봤지? 내 이름은 꼬리야. 반갑다."

"하하, 잘 어울리는 이름이다. 꼬리, 반갑다. 네 꼬리는 진짜 멋져! 그리고 너처럼 나무를 잘 타는 다람쥐는 이 세상에 없을 거야. 재주도 잘 넘지? 넘어봐, 응?"

"안 돼! 제발 그건 안 돼, 넘을 때마다 방구 뽕뽕뽕…. 너무 지독해."

"알았어. 취소, 취소야. 하하하하."

꼬리가 탐스러운 꼬리를 쳐들고 팜츄리를 1초 안에 올라가 열매를 따먹는 것을 알고 있었지만 방구도 뽕뽕뽕? 어쨌든 하루종일 오르락내리락 부지런한 다람쥐다.

"어딜 가기로 했어? 나만 모르고 있는 거니?"

"그랬나? 내가 아빠를 만나러 가자고 했어. 산타모니카. 꼭 물어볼 말이 있거든."

"말리부 아니었어? 내가 널 데려온 곳 말이야. 거기 가려는 거니?"

"앤디, 네 아빠가 정말 우리 아빨 피하려다가 죽었을까? 그

걸 분명히 해야겠어.”

“좋다. 그것 땜에 괴로웠겠지. 우리 엄마도 진실을 알아야 하고. 가자.”

우리는 하이랜드역에 왔다. 여기서 기차를 타고 7가에서 산타모니카 가는 블루라인으로 바꿔 타면 되는 것이다.

“그런데 쟤들도 같이 가고 싶다는데 어떡하지?”

“쟤 누구?”

나는 아무도 없는 할리우드 블러바드를 바라보며 물었다. 꼬리는 어느새 내가 기대고 서 있는 팜츄리 꼭대기에서 대답했다.

“얘 말이야. 쳐다봐. 내 친구 공룡.”

“농담하니? 공룡이 어딨어? 지구에서 6,600만 년 전에 영원히 사라졌다.”

“왜? 왜 없어졌어? 여기 이렇게 살아있는데?”

“멕시코 유카탄 반도에 커다란 운석이 떨어졌지. 먼지 구름이 햇빛을 가리니 지구에 무서운 추위가 몰아닥친 거야. 그뿐이 아니었어. 지진과 화산 폭발로 독가스가 퍼져서 공룡들이 다 죽어 버렸던 거야.”

“그렇지만 내 친구 공룡들은 아직 살아있어. 로스엔젤레스 시내에 있는 공룡들은 밤에만 움직이고 있지.”

“그걸 나더러 믿으라 하니? 꼬리야? 공룡이라면 나도 너만큼 좋아해. 오죽하면 팜츄리를 볼 때마다 공룡이 죽어서 나무가 됐다고 생각했겠니?"

"사람들은 자기들이 생각한 만큼만 믿지. 다람쥐가 말하고 거북도 말을 하고 있는데도 너는 멍청한 소리만 하고 있을 거니? 너도 생각의 길을 넓힐 필요가 있다. 모르는 게 아직도 너무 많거든. 뽕뽕 힛!"

"알았으니 좀 참아라. 휴~ 냄새! 자, 공룡을 보여다오. 수다쟁이야."

내 말이 끝나기도 전에 기대고 서 있던 팜츄리가 공룡으로 변해 허리를 구부렸다. 10층 건물보다 키가 더 큰 나무가 사실은 공룡이었던 것이다.

"히야! 슈노사우루스다! 안녕~ 슈노~!"

"슈노를 아니?"

"풀만 먹고 살았어도 몸무게가 7톤이나 되었고 몸길이 12미터. 주라기 때 살았어."

"앤디, 반갑다. 바다로 가자. 내 친구들도 다 같이 가자고 했어."

슈노는 몸집에 비해서 수줍음 타는 얼굴에 달빛처럼 보드라운 목소리로 말했다. 벌써 많은 공룡들이 하이랜드로 걸어왔다. 나는 너무 놀라 뒤로 자빠질 뻔했다.

"테리지노사우루스구나. 길이가 45센티미터나 되는 알을

낳지. 공룡의 알 중에서 가장 큰 알이야. 발톱의 길이가 70센티미터. 그래서 별명이 낫룡. 하하하."

"저것 좀 봐. 케찰코가 날아온다."

우리는 모두 하늘을 쳐다보았다. 커다란 날개가 온통 하늘을 가리고 있다.

"저건 케찰, 케찰코 아툴루스다! 보고도 믿을 수 없네. 날으는 공룡을 보다니. 몸무게는 135킬로그램, 날개의 길이가 12미터야. 어떻게 하늘에 뜰 수 있을까? 주라기 다음 백악기 시대에 나타난 공룡이지. 지구 위를 날던 공룡 중에 가장 큰 놈이야."

"앤디, 너는 어떻게 그렇게 공룡을 잘 아니? 밤마다 친구하는 나보다 더 잘 아는구나. 뿡뿡뿡! 히힛"

"야, 아휴! 무엇을 안다는 것은 여러 가지 길이 있지 않니? 너는 마음과 마음으로 우정을 쌓았고 나는 책을 읽었고 오늘 밤엔 우정을 쌓을 차례가 왔네. 날아다니는 공룡을 익룡이라 부르는데 미크로랍토스, 람포링쿠스도 있어."

내 얘기에 빠져 있을 때 양쪽으로 늘어 서 있던 할리우드 블러바드의 가로수 팜츄리들이 모두 공룡으로 변신해 하이랜드로 다 모여들었다. 초록이는 너무 좋아하며 내 바지 주머니 속에서 춤을 추었다. 주머니에 작은 구멍을 냈다. 초록이 거기에 목을 쭉 빼고 밖을 내다봤다.

내 가슴이 콩콩 뛰었다. 10층, 20층 빌딩보다 더 높이 자란 팜츄리를 보면 늘 자랑스러웠다. 초록빛 머리칼을 나폴거리며 로스엔젤레스 시내를 내려다 보고 있는 키 큰 나무들은 신사 같았다. 그런데 왜 그들을 보면 내 가슴이 아픈지 알고 있었다. 나는 그들이 1억 6,000만 년 전에 사라진 공룡들이라고 굳게 믿기 때문이었다. 말하지 못하고 걷지 못하는 공룡은 나를 슬프게 했던 것이다.

"얘들아, 우린 기차 타고 말리부로 갈 건데 너희들 키가 너무 커서 어떻게 하지?"

"기차는 왜 타니? 웃긴다, 너. 우리가 더 빨라. 내 목에 올라 타라."

"비행기 타고 싶으면 내 날개에 올라와요."

우리는 귀여운 이구아나, 골방이란 별명을 가진 카마라사우루스, 거북의 조상 아르켈론, 날개를 퍼덕이는 람포린쿠스…. 셀 수 없이 많은 공룡들과 함께 하늘을 날거나 뛰어서 우선 산타모니카 바다로 갔다. 초록이 아빠 때문에 내 아빠가 바다에 빠져 죽었는지 사실을 알아내야 한다는 말에 공룡들은 정의의 용사들처럼 씩씩하게 움직였다.

"아침이 오기 전에 돌아와야 해. 봄밤은 아침을 빨리 끌고 와. 앤디, 지금 몇 시야?"

"3월 33일 27시야."

"그런 날도 있니?"

"내 시계가 그렇게 보여주네. 캘리포니아는 2573명이 코로나바이러스에 붙잡혔고, 50명이 죽었다. 뉴욕은 2만 5681명이 습격당했고 210명이 사망했어. 망할 놈의 세균이 5만 3660명의 미국사람 몸에 달라붙었고 120명을 잡아먹어 버렸다. 소리도 없고 냄새도 없고 눈에 보이지도 않는 것이 핵폭탄처럼 무섭다."

"그런데 너는 어떻게 맨날 숫자로 말할 수 있니? 부럽다, 얘."

"숫자를 빨리 외워야 해. 뭐든 외워 두어야 답을 맞힐 수 있으니까."

어느새 산타모니카 해변에 다 모였다. 사람이 없는 모래사장이 갑자기 주라기 공원으로 변했다. 공룡들은 소풍 나온 어린이들 같았다. 익룡은 하늘에서 슝~ 날아와 바다 속에 있는 물고기를 잽싸게 낚아챘다. 내 웃음소리를 듣는 것은 참 오랜만이었다. 귀도 좋아서 팔랑팔랑 팔랑귀가 되었다. 내가 좋아하는 공룡들을 차례차례 만져 보았다. 너무 기분이 좋아 풍선처럼 하늘로 두둥실 날아 올라갈 것만 같았다.

초록이의 눈빛이 이른 봄 햇살처럼 맑게 빛났다. 아빠를 만날 기쁨에 온몸이 방울토마토같이 탱글탱글 부풀었다.

"아빠! 아빠! 초록이가 왔어요. 어서 나와 보세요!"

불러 보아도 파도만 출렁출렁 바다거북은 나오지 않았다.

"초록아! 비행기 한 번 태워 줄까? 거북도 하늘 한 번 날아 봐야지."

카마라사우루스가 아기거북을 달래 주려고 등을 내밀었다. 우리는 익룡의 날개에 올라앉았다. 말리부로 가서 찾아보기로 했다. 슈노사우루스가 벌써 앞장서 걸어가고 있었다. 열 마리, 스무 마리 공룡들이 뒤따라갔다. 하늘에도 마법의 융단처럼 익룡들이 날아가고 있었다. 땅이 흔들리고 바다가 요동치는가 하면 먼데 섬에서 화산이 폭발하고 있다. 무지개가 두 개 떴네, 놀라고 있을 때 달도 두 개 마주보고 있었다. 달에서 그네 타는 사람이 꼭 아빠 같았다. 그네를 밀어주는 바다거북도 잠깐 보였다.

어느새 말리부 바닷가에 다왔다.

"아빠! 초록이 아빠!"

한 줄로 늘어선 공룡들이 소리 질렀다. 바닷물이 산같이 솟아올랐다. 높은 파도에서 바다거북이 미끄럼을 타고 내려왔다.

"어젯밤 꿈에 너를 만났더니 진짜구나. 아가야, 어서 오너라."

"아빠, 시간이 없어요. 우린 날이 새기 전에 돌아가야 해요. 아빠 때문에 앤디 아빠가 죽었나요? 사실대로 말해 주세요."

"그 오해가 아직도 안 풀렸단 말이니? 그때 내가 사실 그대로 말하려고 했더니 날 잡아 죽이려고 해서 바다 속 깊이 숨어 살았다. 오늘 처음 나온 거다."

"알았어요. 그래서 내가 혼자 울고 있었지요. 아빠, 빨리 말해 줘요."

"파도가 센 날 앤디 아빠 혼자 서핑을 하고 있었다. 내가 상어가 나올 것 같다고 알려 주려고 하는데 앤디 아빠가 파도에 빠지고 말았어. 나는 죽은 앤디 아빠 곁을 떠날 수 없었어. 그대로 두면 망치상어가 흔적도 없이 먹어 버릴 테니까."

"갑자기 망치상어라니, 아빠?"

"비밀이 있었다. 사람들은 나를 피하려다 앤디 아빠가 죽었다고 알아. 사실은 그게 아니라 망치상어 때문이었어. 내 뒤에 망치상어가 쫓아오고 있었어. 앤디 아빠는 나를 보지도 못했단다. 쩍 벌린 입 속에 톱니 같은 이빨이 가득 찬 망치상어를 보고 겁에 질려 그만."

바다거북이 갑자기 보이지 않았다. 높은 파도에 쓸려 사라져 버린 것이다.

"아빠! 아빠! 초록이 아빠!"

우리는 모두 아빠를 불렀다. 머나먼 바다 끝에서 큰 파도가 다시 몰려왔다. 그 속에 내 아빠가 서핑하는 모습이 조그맣게 보였다. 그 뒤에 무지개가 다리를 놓고 있었다.

날아라 체리

피스모 비치는 올 여름방학에 어린이들에게 가장 인기 있는 해변으로 뽑혔답니다.

오늘은 7월 4일, 미국 독립기념일이지요. 마침 목요일이라 금 토 일까지 4일 동안이나 쉬게 되었어요. 학생들은 학교에 가지 않아도 되고 아빠 엄마는 직장에 나가지 않아도 된답니다. 황금연휴라고 모두들 좋아합니다. 함께 즐길 수 있는 기회에 온 가족이 여행을 떠나는 일은 당연한 일이지요.

어린이들에게 인기가 많은 피스모 비치에 사람들이 구름 떼같이 모여 들었어요. 바닷가 호텔들은 몇 달 전부터 예약이 마감되었지요. 모래사장엔 사람들로 가득 차서 걸어갈 수가 없을 정도가 되었습니다.

하지만 이번에 피스모 비치에 이렇게 많은 사람들이 모여든 것에는 특별한 이유가 있답니다. 바로 오늘 낮 12시에 물고기 '체리'와 어떤 소년이 만나는 장면을 중계 방송한다는 뉴스가 있었기 때문입니다.

동화 같은 이야기를 진짜로 생방송으로 내보내겠다고 아침 뉴스에서 발표를 했으니 믿고 안 믿고는 청취자들의 몫이겠지요. 사람들은 속더라도 손해날 것은 하나도 없으니 무조건 피스모 비치로 달려왔습니다.

오늘 물고기 '체리'와 만나게 되는 '어떤 소년'은 누구일까요? 방송에서도 '휠체어를 탄 소년'이라고만 밝히고 이름은 말해 주지 않았어요. 어디 살고 나이는 몇인지도 밝히지 않았어요.

휠체어를 탄 소년이 이름이 체리인 물고기와 7월 4일, 그러니까 미국 독립 기념일 낮 12시에 피스모 비치에서 만나기로 약속을 했다는 것. 그것이 사실이라면 이제 곧 체리가 바다 속에서 헤엄쳐 올라올 것입니다.

해변 어디쯤이 될지 아무도 모르는 일이라 사람들은 파도가 닿는 물가를 걸어 다니며 바다를 바라봅니다. 제일 먼저 그 신기한 물고기를 발견하고 싶은 것이지요. 아마 그 물고기는 사람이 많이 있거나 말거나 모래 위로 올라와 휠체어 탄 자기 친구를 만나겠지요. 이 사실을 도대체 믿어야 할지 말아야 할지 갸우뚱해 하면서도 사람들의 호기심은 걷잡을 수 없이 부풀어 올랐어요.

어떤 사람들은 육지 쪽을 살피고 있어요. 휠체어를 탄 소년도 물고기를 만나기 위해서 분명히 바닷가로 올 테니까요. 만약 소년이 눈에 띄기만 하면 제일 먼저 달려가서 어떻게 물고기와 대화를 할 수 있었는지 과연 그것이 가능한 일인지 비밀을 캐내고 싶은 것이지요. 물고기를 처음 만났을 때 특별한 점은 없었는지 물어 보고 싶은 것이 너무 많습니다. 제일 먼저 알아내서 어린이 잡지에 넘겨줄 수도 있겠다 싶어 기회를 엿보는 사람도 있고 동화를 쓰고 싶은 사람도 그 속에는 섞여 있습니다.

방송국들도 야단이었어요. 캘리포니아뿐 아니라 미국 전역 방송사들이 시끄러웠지요. 영국의 그 유명한 BBC에서도 특파원을 파견했습니다. 전 세계의 어린이들에게 이 이야기를 생중계하겠다는 것이었어요. 어린이들은 '유튜브'나 '세상에 이런 일이' '유 갓 탤런트' 같은 프로그램에서 깜짝 놀랄 일들을 너무 많이 보았어요. 그래서 더 놀랄 일도 없을 것 같지요. 하지만 물고기와 사람이 어느 달 며칠 몇 시에 만나자고 약속을 하고 딱 시간 맞춰 만나는 장면은 보지 못했을 겁니다. 사람도 자칫 약속을 어기는데 말입니다.

그런데 주인공은 어디 있을까요? 휠체어 탄 소년, 그가 지금 어디 있는지 아는 사람은 아무도 없습니다.

작년 독립기념일에 있었던 일입니다. 바닷가 분위기가 풍선처럼 부풀었던 한낮, 갑자기 사람들이 한 곳으로 내달리기 시작했어요.

"물고기다! 자이언트 물고기다!"

식인 상어라도 나타난 것일까요? 흥분하는 사람들을 따라가 보니 작은 보트만 한 빨간 물고기가 밀려와 있었어요.

"히야! 고래만 하네! 고래도 아닌 것이, 진짜 크다."

"눈이 부시네! 빛이 나는 물고기는 내 생전 처음 보네그려."

둘러선 사람들은 놀라 소리쳤어요. 물고기는 쉬지 않고 뻐끔거렸어요.

"빨리 바다로 돌려 보내야 해. 안 그러면 너무 뜨거워 곧 죽게 될 거야."

힘센 청년 열 명이 어영차 물고기를 들어올렸어요.

그때였어요. 한 소년이 휠체어를 밀고 들어왔어요. 튼튼한 다리로 모래밭에 고랑을 내며 오는 소년의 얼굴은 사과처럼 붉었어요. 휠체어를 물고기 옆에 바짝 붙이고는 손을 뻗어 물고기의 머리를 껴안았어요. 밀 빛깔의 머리카락과 노란 모래가 햇빛을 받아 매끄럽게 반짝거렸어요.

"야, 체리! 너 정말 보트만큼 커졌구나! 장하다, 꿈을 이루었어. 대단해."

"뻐끔뻐끔 뻐끔뻐끔…."

"쉘라쉘라 쉘라쉘라…."

그들은 한참 동안 즐겁게 얘기했어요. 물고기의 초록색 눈이 별처럼 반짝이고 커다란 몸이 기쁨에 넘쳐 꿈틀거릴 때마다 비늘이 빨 주 노 초 파 남 보 무지개 빛깔을 흩뿌렸습니다. 마치 하늘에서 무지개 옷을 내려준 것 같았어요.

"제 친구는 바다로 돌아가야 합니다. 도와주세요. 숨을 쉬어야 해요."

아까 그 청년들이 물고기를 어영차 들어올려 바다로 간신히 밀어 넣어주었어요. 소년은 점점 조여오는 사람들의 궁금증에 떠밀려 이야기를 시작했어요.

소년의 이름은 티노입니다. 태어날 때부터 다리에 힘이 없어 혼자 방에서 노는 날이 많았답니다. 아빠는 아기 방을 어린이 도서관처럼 꾸며 주었어요. 책을 읽다 싫증이 나면 아이는 살아있는 장난감을 갖고 싶다고 했어요. 아빠는 초등학교 입학선물로 강아지를 살까 하다가 귀찮게 하지 않고 말이 없는 빨간 물고기 한 마리를 사 왔어요.

"아빠! 어항이 너무 작은 것 같아요. 답답하겠네."

"걱정 마라. 피래미잖아. 절대 안 크는 물고기야. 답답한 것도 몰라."

방울토마토 같은 물고기는 동그란 눈을 요리조리 굴리며 티노를 바라봅니다. 파란 콩을 콕 박아 놓은 것같이 귀여워요. 빨강색이라 이름을 '체리'라 지어 주었어요. 눈만 뜨면 같이 노는 사이였지만 말을 못하니 좀 답답했어요. 그래도 티노는 혼자가 아니어서 좋았어요. 이 세상 무엇과도 바꿀 수 없는 소중한 친구지요.

티노는 3학년이 되었어요. 몸은 커져도 여전히 걷지는 못해요. 그 사이 이제 체리와는 속마음을 터놓고 얘기하는 사

이가 되었답니다. 석류꽃 사이로 커다란 달이 얼굴을 내밀며 봄노래를 부르는 밤이었어요. 티노는 체리에게도 석류꽃을 보여주고 싶어 어항을 창가에 놓았어요. 수많은 별들이 나뭇잎을 흔들며 눈인사를 보내지만 체리는 웃지도 않고 한숨만 쉽니다.

"아, 답답해! 내가 커지면 어항이 깨지겠지. 내 꿈은 자라지도 못해."

"너, 무슨 소리야? 꿈이라니? 설마 달나라에 가고 싶은 건 아니겠지?"

"아니야. 난 바다로 갈 거야. 큰 물고기가 될 수 있는데 어항이 너무 작아."

"미안해. 넌 자라지 않는 물고기야. 어항 탓 하지 마라. 안 됐다."

입을 뾰쪼롬히 내밀고 차마 하지 못할 말을 물총같이 쏘고 말았습니다.

"안 됐다고 말하지 마. 피곤하고 외로워. 네가 내 친구라면 방법을 생각해야 옳지 않을까. 안 그러니?"

둘은 싸운 것도 아닌데 한동안 말을 않고 지냈어요. 티노는 체리가 헛된 꿈만 꾸는 것 같아 걱정되었어요.

잘 익은 수박에도 덜 익은 수박에도 비가 주룩주룩 내리는 여름입니다. 비 오는 날엔 친구가 더 슬퍼 보였어요. 그래서 내키지는 않았지만 좀 더 큰 어항에 체리를 옮겨 주었지요.

체리는 신나게 헤엄을 칩니다. 티노는 기회는 이때다 싶어 슬쩍 말을 꺼냈어요. 친구가 너무 큰 기대를 걸고 있다가 실망하는 꼴을 차마 볼 수 없을 것 같았어요.

"난, 백 번도 넘게 병원에 갔어. 못 걷는다고 하더라. 지쳤어. 포기했어. 지긋지긋한 휠체어를 죽는 날까지 타야 해. 하지만 이루어질 수 없는 꿈을 꾸는 건 더 괴로운 일이란다. 체리야, 너도 바다 같은 건 잊어 버려. 그리고 나랑 같이 조용히 살자. 난 너를 사랑하잖니. 너도 들었지? 넌 크지 않는 물고기야."

"살아있다는 것은 많은 경험을 한다는 뜻이야. 그것을 포기할 순 없어. 난 넓은 바다에 가서 살 거야. 난 더 클 수 있어. 죽는 날까지 포기하지 않을 거야. 두고 봐. 나도 널 많이 사랑해. 사랑한다고 해서 꼭 생각이 같으란 법은 없겠지."

"차라리 산더러 바다가 되라 해라. 미안, 넌 더 크지 못 해 꼬맹아! 널 봐라. 얼마나 작은지. 넌 그냥 체리만 한 귀여운 물고기야."

"꿈을 싹둑 자르지 마라. 너보다는 차라리 악어하고 싸우는 게 낫겠다."

화난 물고기의 목소리에 어항이 부르릉 떨었어요.

"그래, 그래. 너는 보트만 한 피쉬가 되고 나는 축구 선수가 되는 거야."

티노의 빤한 거짓말이 체리의 마음을 조금이나마 다독입니다.

시간은 티노의 기분은 살필 겨를도 없이 빠르게 지나갔어요. 여름이 가고 기러기 떼 끼룩끼룩 나는 가을밤이 왔어요. 잣나무 사이에서 보름달이 티노를 보고 있어요. 은쟁반 같은 얼굴 위로 천사의 치맛자락 같은 구름 한 잎이 스쳐갑니다.

"어? 언제 이렇게 컸나? 무겁다 체리야. 짜식, 너 많이 컸구나!"

"내가 큰다고 했지? 커다란 물고기가 될 거야. 넌 축구 연습 잘 하고 있니?"

"휠체어 탄 몸으로 내가 어떻게…."

"다칠까 봐? 다치겠지. 아프겠지. 커지려면 나도 아파. 아프지 않고 커지는 건 없어. 많이 아프고 많이 크는 거야. 꿈만 꾸다 죽을 것인가. 크다가 죽을 것인가. 그것이 문제야. 난 크다가 죽는 한이 있어도 계속 클 거야. 두고 봐."

"미안해. 난 무서워. 깨지고 부서지고 결국은 일어서지도 못하겠지."

"겁내지 마. 바다가 아무리 멀다 해도 크는 게 아무리 아프다 해도 나는 결국 바다로 갈 거야. 내 꿈이다. 우리 멈추지 말자. 같이 달리자, 친구야."

"왜 바다로 가려고 해? 날마다 밥 주는데. 여기서 조용히 살자, 친구야."

"걱정 마. 배만 부르면 사니? 넓은 세상엔 새로운 일들이 널려 있어."

티노는 장애인 축구팀에 가입했어요. 5학년이 되었을 때는 장애인 축구대회에 출전하게 되었지요. 체리도 어항에 꽉 찰 만큼 커졌어요. 이번에는 아예 벽에 맞춰 수족관을 만들어 주었어요. 이제는 불평 끝이겠지요. 체리를 잊고 열심히 뛴 때문일까요. 중학생이 되었을 때는 제법 유명한 축구선수가 되었어요. 말도 마세요. 그동안 머리가 깨지고 무릎이 망가지고 휠체어가 부서지는 사고도 다섯 번이나 있었지요. 영영 축구를 못할 만큼 어깨뼈를 다친 적도 있었지만 체리 땜에 포기하지 않았답니다.

수족관을 청소하는 날, 어찌된 일일까요. 비늘이 둥둥 떠 있어요.

"어디 아파?"

"가슴이 답답해. 벽이 나한테 덤벼. 날 죽이려고 자꾸만 밀어."

"벽은 조용히 서 있을 뿐이야. 거짓말 마."

"진짜야. 잘 때 벽이 날 공격해. 내 보내줘. 빨리. 답답해. 숨을 못 쉬겠어."

"제발 부탁이다. 그만 하자. 수족관이면 충분해. 잘 살 수 있어. 조용히 해라."

"너 날 사랑하니? 사랑한다는 건 말을 들어준다는 뜻이야. 날 좀 살려줘."

티노는 그날 밤 당장 일꾼들을 불러서 뒷마당에 커다란 연못을 팠습니다. 체리 말대로 사랑하기 때문이었습니다. 뭉게구름, 양떼구름, 별님 달님, 나뭇가지들도 물위에 그림자를 만들며 체리를 축하했어요. 커다란 연못에서 헤엄을 치는 체리는 불평하지 않고 행복해 보였어요. 티노도 연습에 열중할 수가 있었습니다.

소나무 사이로 보름달이 파란 얼굴을 내미는 추운 겨울 밤, 늦게 온 티노를 보고 친구가 또다시 볼멘소리로 불평을 합니다.

"난 하루 종일 너만 기다리고 있었어. 나 같은 건 필요 없지? 넌 어디든지 다니는 선수니까. 나도 이제 바다로 가서 맘껏 헤엄치며 살 거야. 보내 줘."

"사정이 있었어. 미안해."

"사정은 날마다 생길 수 있어. 나도 내 꿈을 찾아갈 거야. 보내 줘."

"그러지 마. 난 너 없인 살 수 없어. 나랑 같이 살자. 친구야, 사랑해."

이때, 물고기 비늘이 하나둘 물 위로 떠올랐어요. 티노는 그만 깜짝 놀라 뒤로 물러났어요. 많이 아프다는 신호거든요.

"비늘이 꿈을 맞추는 퍼즐이라면 마지막 한 조각까지 다 뜯어내고 말 거야. 피 흘려도 괜찮아. 멋진 옷이 필요한 게 아니고 넓은 바다가 필요해. 살아있는 내 꿈은 세상으로 나가려고 해. 여기가 아닌 다른 곳, 아주 먼 바다로 말이야."

티노는 눈물을 뚝뚝 떨구었어요. 달님도 별님도 같이 울고 있어요. 절대로 크지 않는다는 피쉬가 연못의 반을 차지할 만큼 커진 건 사실이었지만 설마 바다로 떠나겠다고 우길 줄은 정말 몰랐습니다. 차라리 크지 않는 약을 먹이든지 몸을 실로 꽁꽁 묶어 놓았더라면 같이 살 수 있지 않았을까 후회스럽기까지 했습니다. 티노의 가슴은 마치 날카로운 면도칼로 찢는 것같이 아팠습니다. 헤어진다는 것은 생각조차 하기 싫은 일인데 어떻게 저렇게 태연하게 떠나겠다고 주장을 하는지 친구가 너무 미워 쳐다볼 수조차 없습니다.

"날 너무 미워하지 마라. 나도 네 마음 알아. 하지만 넌 곧 올림픽에 출전하게 될 거고 더 바빠지게 되겠지. 나는 너 땜에 행복하겠지만 쓸쓸하겠지…."

"알았어. 나만 생각했던 바보를 용서해 줘. 서로 행복해지는 길을 찾자. 봄이 오면 널 바다로 보내줄게. 어디로 가고 싶은지 생각해 둬. 약속 지킬게."

이런 말을 하고 나니 옥죄이던 가슴이 사르르 풀렸습니다.

그해 겨울은 유난히 추워서 연못에 얼음이 얼었어요. 얼음장 밑에서도 물고기 체리는 무럭무럭 자랐어요. 봄에 바다로 떠날 생각에 헤엄치는 연습도 열심히 했고 밥도 잘 받아먹었어요.

석류나무에 꽃등이 딸랑 딸랑 딸랑…. 온 세상에 봄을 알립니다. 체리를 바다로 보내기로 한 날 아침에도 새로운 태양이 떠올랐어요.

- 해마다 7월 4일 낮 12시 피스모 비치에서 만나자.

태평양을 좋아하는 체리가 약속했습니다. 산간지방에서만 살았던 티노가 해마다 바다 여행이라니! 신나는 일이죠.

이렇게 해서 작년에 처음으로 피스모 비치에서 만났지요. 아는 사람은 별로 많지 않았어요. 그런데 소문이란 발도 없는데 빠르기도 하지요. 올해는 이렇게 많은 사람들이 피스모 비치에 모여들었어요.

제시카가 휠체어를 밀고 옵니다. 축구시합 때마다 '오빠 이겨라! 오빠 이겨라!' 오리 궁둥이를 흔들며 오리 같은 목소리로 응원하던 다리가 튼튼한 소녀랍니다.◈

별에서 온 손님

"야노야, 멀리 가지 마라. 엄마가 기다린다. 알았지?"

엄마는 오늘도 대문 앞에서 말했다. 나는 대답하지 않았다. 왜 맨날 똑같은 말을 하는지 모르겠어. 속으로 생각했다.

"야노야, 금방 와야 한다. 엄마 말 들리지? 야노야, 야노야!"

야노가 뭐야? 외계인이라고 놀리는 걸. 흠. 흠. 멋지게 지은 이름이라는데 좀 웃긴다. 나는 엄마가 볼 수 없게 오른쪽 골목으로 꺾어들었다. 조용하고 깨끗한 길. 차와 사람이 붐비는 우리 동네 바인 길과는 낮과 밤처럼 다르다.

길 양편에 큰 집들이 줄지어 서 있고 벽은 하얗게 빛난다. 네모난 정원마다 갖가지 특별한 선인장과 귀한 꽃나무들로 꾸며진 그곳을 나는 좋아한다. 정원 앞엔 산책길이다. 길가엔 레몬트리가 줄지어 서 있다. '필요하면 한 개씩만' 팻말이 붙어 있지만 따 가는 사람은 없다. 노란 열매가 성탄절 전등처럼 사람들의 마음을 밝혀주고 있다.

나는 이 길을 '행복의 길'이라고 내 스케치북에 그려 놓았다. '행복의 길'에서는 천천히 걸어야 한다. 집집마다 다르게 정원을 꾸몄기 때문이다. 내 눈은 성능 좋은 레이더 같다. 누구네 정원에 꽃이 지고 꽃이 피는 것을 금방 알아본다.

집 앞에 젓가락을 꽂아놓은 것 같은 선인장이 많은 빨간 벽돌집을 막 지났다. 옆집은 담쟁이가 벽을 덮었다. 꽃이 없는 집이다. 네모난 정원은 초록색 카펫을 깔아놓은 것 같아

볼 때마다 뒹굴고 싶어진다. 나는 카펫 안으로 들어갔다. 잔디밭에 처음 보는 한 가족이 나를 쳐다보고 있었다. 오렌지색 몸뚱이는 초록 풀밭에 유난히 돋보였다. 꼬막조개같이 작은 동그라미들이 풀섶에 오롯이 올라와 있다. 나는 그 집 응접실 창문을 바라보았다. 주인이 하얀 커튼 사이로 얼굴을 내밀고 당장 나가라고 소리칠 것만 같았다. 커튼은 움직이지 않았다. 개 짖는 소리도 없다. 비가 와서 그런가? 빈집인가? 나는 걱정 없이 외계인 가족에게 말을 걸었다.

"어느 별에서 왔어? 어쩌다가 떨어진 거야?"

어미로 보이는 탁구공만 한 동그라미에게 물었다. 문어 머리에 눈만 두 개 뻥 뚫려 있다. 그 속에 작은 별들이 반짝이는가 싶었는데 금방 사라지고 눈이 동굴 속처럼 까맣다. 이웃별에 놀러 가다가 갑자기 떨어져 자기별의 이름을 잊어 버렸다고 한다.

"엄마, 추워. 집에 가자."

어미 뒤에서 보채는 소리가 들렸다. 작고 귀여운 아이들이 넷이었다. 어떤 애는 눈이 두 개, 어떤 애는 한 개만 달려 있다. 책에서 본 외계인과 똑같았다.

"찾아갈 수는 있어?"

"아니, 못 가. 비가 많이 와서 별이 안 보여. 몸이 젖어 날 수도 없고."

"하늘이 언제 마를까? 우리 홈리스 되는 거야?"

"에이취! 에이취! 아이 추워. 집에 가기 전에 얼어 죽고 말 거야"

아이들의 칭얼거리는 소리에 어미도 걱정스럽게 말했다.

"우린 이 비에 살아남을 수 없을 거야. 지구 비는 너무 독해."

어미의 말에 아이들이 제 몸을 감싸 안으며 칭얼거린다.

"매워!"

"짜지."

"따갑고 아파!"

아이들의 말에 나도 갑자기 추워졌다.

"나도 비가 무서워."

빈 말이 아니었다. 사막지대인 캘리포니아에서 비는 고마운 존재이지만 대개 갑자기 오기 때문에 비를 피하지 못하는 사람들이 감기에 잘 걸린다.

"감기 때문이라면 무서워하지 마."

아이들 어미가 나를 안심시키더니 잔디밭 한 곳을 가리켰다.

"저기 혼자 서 있는 분이 의사, 척척박사야."

여기저기서 조개껍질을 엎어놓은 것 같은 외계인들이 나를 보고 있었다. 박사로 지목된 것은 우산을 뒤집어 놓은 모양새였다. 그는 한 개뿐인 눈을 크게 뜨고 있다. 우산 꼴 가장자리가 찢겨진 모양이다. 내가 박사님께 인사를 하려고 허리를 구부렸을 때 엄마가 부르는 소리가 났다. 나는 내일 꼭 오겠다고 소리치고 엄마한테 급히 달려갔다. 엄마가 외계인들을 보면 안 될 것 같았다.

그날 밤, 팜츄리의 머리카락에서 빗물이 흘러내리는 것이 가로등불 빛에 푸르게 보였다. 새들은 어디에서 자고 있을까? '차갑고 추워, 우린 곧 죽게 될 거야.' 외계인 아이들의 칭얼거리는 소리가 들리는 것 같아 안타까웠다.

나는 우산 두 개와 담요 한 장을 챙겨들고 행복의 길로 달려 나갔다. 차박차박 발소리를 들으며 뛰었다. 한 가지만 생각했다.

"죽으면 안 돼. 집으로 돌려 보내줘야 해."

어디서 그런 용기가 솟아났을까. 엄마한테 야단맞을 거란 걱정도 없이 나는 단숨에 외계인 가족 앞에 도착했다. 박사님 머리 위에 우산을 씌워 주었다.

"고맙다. 내 몸엔 손대지 마라. 부서진다. 말라야 단단해진단다."

"알았어요, 박사님! 조심, 또 조심할게요."

나는 외계인 가족과 함께 우산 아래 쭈그리고 앉았다. 작은 외계인들도 내가 덮어준 담요 속에서 소곤소곤 자기 별로 돌아갈 얘기를 하고 있었다.

"엄마, 비가 그치지 않으면 우린 어떻게 될까?"

"걱정을 미리 앞당겨 할 필요는 없어. 무슨 일이든 끝이 있는 거야."

엄마 외계인이 말했지만 내 마음은 엄마가 올까봐 조마조마했다. 이때였다.

"야노야! 야노야!"

조심스럽게 그러나 힘이 잔뜩 들어간 엄마의 목소리가 비와 어둠을 뚫고 들려왔다.

나는 용수철처럼 튕겨져 일어나 엄마의 우산 속으로 뛰어들어가 빨리 가자고 재촉했다. 엄마에게 들키고 싶지 않은 우리들의 이야기도 있는 것이다.

엄마는 나를 꼭 껴안고 내 방까지 왔다. 그동안 말을 아끼는 것 같았다.

"세상을 다 가져도 네 몸 아프면 다 소용없다. 알았니, 야노야?"

엄마는 나를 침대 속에 밀어 넣고 이불 귀퉁이로 꽁꽁 싸매 놓았다.

나는 이불 속에서 끙끙 앓았다. 멈추지 않는 기침. 새벽에 엄마가 내 방으로 왔다.

"아니, 열이 펄펄 끓고 있잖아. 아가, 내 아들!"

엄마는 911을 불렀다. 곧 앰뷸런스가 왔고 소방차도 따라 왔다. 불이 난 것도 아닌데 웬 소방차야? 물어보고 싶었지만 목소리가 나오지 않았다.

"100년 전에 지구를 덮쳤다는 코로나 바이러스 변종이네요. 방에만 있어야 해요."

의사가 준 약을 먹고 침대에 누웠지만 눈만 끔벅끔벅, 잠이 오지 않았다. 걱정의 뿌리를 뽑지 않으면 병은 낫지 않을 것이다. 나는 재빨리 옷을 갈아입고 엄마 몰래 행복의 길로 달려갔다. 아빠 트럭만큼 커다란 회색구름이 머리 위에 떠 있다. 구름 한쪽엔 말간 해가 나오고 한쪽에선 실비가 내리고 있었다. 은빛 거미줄 같았다.

우산 속의 외계인 엄마 얼굴이 찌그러져 있다. 예쁘던 오렌지색이 빛바랜 낙엽색이 되었다. 얼굴 한쪽이 떨어져 나간 아이, 몸이 부스러져 주저앉은 아이, 하나밖에 없던 눈이 반쯤 감겨 물고기 모양이 된 막둥이. 내가 열 감기를 앓고 있을 때 이들도 죽을 만큼 힘든 시간을 보냈다는 것을 알 수 있었다.

"애들아, 그래도 우린 아직 살아있네. 그렇지? 들을 수 있고 볼 수 있고. 하하하."

나는 억지로 웃으며 병원에 갔던 얘기를 들려 주었다. 계속 기침이 나왔다.

"병원엔 왜 가니? 척척박사한테 왔어야지."

나는 박사님한테로 가서 코로나 바이러스 얘기를 했다. 박사님의 대답은 간단했다.

"걱정 마라. 병균보다 무서운 것이 맘이 약해지는 거란다. 맘을 편하게 해."

이때였다. 사람이 살지 않은 줄만 알았던 그 집 현관문이 열리더니 할머니가 걸어 나왔다. 기침을 하고 있다. 할머니는 갈대꽃 같은 머리카락을 쓸어 올리며 물었다.

"코로나 변종 바이러스를 고칠 수 있단 말이니?"

"네, 할머니. 저도 그 감기에 걸렸는데 박사님이 고칠 수 있답니다."

"100년 전에 왔다는 감기가 왜 하필 나한테 붙었는지. 아이구, 머리 아파."

박사님이 나섰다.

"걱정 마세요. 제가 금방 고쳐드릴게요"

"너는 어느 별에서 왔니? 오래 사니 별일도 많다."

"떨어질 때 잊어 버렸어요. 몸이 젖어 올라갈 수도 없고 하늘도 축축하고…. 젠장!"

"걱정 마. 감기만 낫게 해주면 나도 너를 도와주마."

"할머니 최고!"

할머니는 환하게 웃으며 말했다.

"우리는 어떤 별에서 왔다. 모두 형제고 친구인 거야. 도와야지 외롭지 않지."

할머니 말에 모두들 깜짝 놀랐다. 박사님이 물었다.

"어떻게 아셨어요? 우리가 별에서 왔다는 것을?"

"애야, 나도 80년 전에는 내가 별에서 온 특별한 아이라는 걸 알았어. 엄마한텐 비밀이었지만. 너도 그렇지 않니? 맞지?"

나는 답답하던 가슴이 뻥 뚫리는 듯했다.

"어? 내 속마음까지 다 아시네? 어떻게 알아요?"

"별에서 온 사람끼리 통하는 거 아니겠니? 호호호."

할머니의 손을 꼭 잡았다. 보드랍고 따뜻한 기운이 가슴 속으로 흘러 들어왔다.

"친절한 사람이 사는 집일 것이라고 생각했어요. 정원에 눕고 싶었거든요."

"사람은 원래 다정하고 친절하다. 맘을 터놓지 않아서 그렇지."

"시간이 없어요. 할머니 제가 하라는 대로 하세요. 진찰 시작합시다.'

할머니는 박사님 말씀대로 찢어진 우산 같은 그의 몸 가장자리를 조금 뜯어먹었다. 그리고 그의 머리에 세 번 뽀뽀를 했다. 나도 그렇게 했다. 박사님 몸은 아무 맛이 없었다. 피도 나지 않았지만 머리에 뽀뽀를 할 때 내 머리카락이 부르르 일어섰다. 몸속의 열이 빠져나가는 것을 느낄 수 있었다. 박사님의 머리는 뜨거워졌다.

"박사님이 아프면 어떻게 해요? 감기가 옮아간 것 같은데?"

"내 몸엔 병균을 죽이는 장치가 있지. 걱정해 줘서 고맙다."

할머니와 나는 웃었다. 기침이 멎으니 그 입에서 웃음이 되살아났다. 아프다는 것은 슬픈 일이었다. 미래를 위해 계획을 세울 수도 없고 용기도 그만큼 줄어들었다.

어느새 비가 그쳤다. 할머니가 긴 전선과 헤어드라이어를 가지고 왔다. 외계인들의 몸은 잠자리날개나 꽃이파리처럼 가냘팠다. 할머니가 켠 헤어드라이어의 바람은 초봄의 햇살처럼 따뜻하고 보드라웠다.

나팔꽃같이 생긴 박사님 몸이 마구 흔들렸다. 나는 손가락을 쫙 펴서 바람막이를 해 주었다. 손가락 사이로 따뜻한 바람이 국수발같이 흘러 나갔다. 박사님 몸을 살짝 만졌다. 조금 딱딱해졌다. 부서지지 않겠다. 성공이었다. 해가 솜사탕 모양 구름 사이로 얼굴을 내밀었다. 박사님은 재빨리 하늘로 날아올랐다. 마치 민들레 꽃씨가 날아가는 것 같았다. 아프지 않으니 남을 도울 수 있고 희망을 품을 수 있어 행복했다.

"박사님, 잘 찾아가세요. 고마워요!"

하늘에는 세상에 있는 모래알보다 많은 별이 떠 있다고 한다. 그 별 중에서 박사님이 자기별을 빨리 찾기를 바라면서 우리는 그가 안 보일 때까지 손을 흔들었다. 잔디에 붙어 있던 외계인들의 얼굴이 빛났다. 기쁨이 얼굴에 환하게 번지고 있다. 우리는 그들을 차례대로 모두 말려 하늘로 날려 보냈다.

외계인 가족만 남았다. 나는 지나간 시간을 돌이켜 생각해 보았다. 그것은 벌써 과거였다. 할 얘기가 많을 것 같은데 과거는 말이 없고 헤어질 시간이 다가왔다. 그런데 할 얘기가 생각나지 않았다.

"잘 가! 몸조심하고…. 많이 보고 싶을 거야…."

치, 이렇게 평범하고 단순한 말밖에 없단 말인가. 눈물이 핑 돌았다.

"이별이란 그런 거다. 냉정하고 무정해. 아픔만 가슴으로 파고들지. 잘 있어."

외계인 엄마가 말하자 내 가슴 한 쪽이 그의 뻥 뚫린 눈처럼 텅 비었다. 그들도 민들레 꽃씨같이 가볍게 하늘로 날아갔다. 나는 나를 두 팔로 힘껏 껴안았다. 아쉽고 섭섭해서 몸이 휘청거렸다. 할머니가 내 마음을 알고 뒤에서 나를 안아 주었다. 나는 주먹으로 눈물을 닦았다. 주섬주섬 우산을 챙기고 담요를 둘둘 말았다.

엄마가 왔다. 내 이름을 불렀다는데 듣지 못했다.

"웬 버섯이야? 이상하네. 이 집만 버섯이 나왔네."

어느새 새로 돋아났을까. 엄마는 삿갓 모양의 외계인을 발로 툭툭 찼다.

"그러지 마세요, 귀한 손님을!"

할머니의 목소리가 별나라까지 퍼져나갔다.◈

하얀 코끼리 삐냐타

비가 내리는 가을밤입니다. 셀리는 이층에 있는 자기 방에 혼자 있어요. 아까부터 눈을 꼭 감고 이불 속에 누워 있지만 잠이 오지 않아요. 단풍나무 가지가 유리창을 마구 두들깁니다. 이파리가 없는 가지들은 마귀할멈 손가락 같아요. 가지들이 바람에 흔들리니 마귀할멈 머리카락 같기도 해요. 셀리는 유리창을 보지 않으려고 이불 속 깊이 머리를 숨기고 귀를 막습니다. 거세게 몰아치는 빗소리 바람소리는 고통에 시달리고 있는 셀리의 마음을 할퀴기에 충분합니다.

"다리도 불편한 애를 버리고 오다니, 내가 잘못했어. 저것봐. 날 잡아가려고 마귀가 찾아왔어. 날 잡아다가 지옥 불에 던지겠지. 아, 무서워! 비에 젖어 찢어졌을지도 몰라. 그렇게 버리는 게 아니었어. 날 원망하고 있을 거야. 지금이라도 가서 데려올까. 그래, 그래야겠어. 지옥 불에 타 죽는 것보다 낫겠지."

혼자 중얼거리던 셀리는 결심을 하고 이불 밖으로 나왔다가 금방 주저앉고 말았어요. 캄캄한 밤이면 비가 오지 않아도 한 발자국도 밖으로 나가지 못하는 겁쟁이거든요. 생각만 했을 뿐인데도 온몸이 오돌오돌 떨려요.

"몽달귀신이 날 잡아먹겠지. 으흐흐흐, 무서워. 도깨비다리를 어떻게 건너갈까. 비오는 날 밤이면 다리 밑에서 도깨비가 나와서 아이들을 잡아간다던데. 아이, 무서워라! 그렇지만 지옥불이 더 뜨거울 거야. 그러니 가서 코끼리를 데려와야 해. 그러면 마귀도 날 용서해 주겠지. 가자, 가야만 해. 아자! 아자!"

비는 초저녁부터 내렸어요. 일에 지친 엄마는 아래층에서 자고 있어요. 셸리는 엄마를 깨울 용기가 없어요. 피곤한 몸으로 친구 생일에 함께 가 주었던 엄마. 그까짓 코끼리는 잊어버리라고 할 게 뻔합니다. 할 수 없이 혼자 코끼리를 데려와야 해요. 셸리는 비옷을 입고 좁은 계단을 살금살금 기어서 내려갔어요. 신발장 옆에 세워 둔 우산을 챙겨들고 대문 밖으로 나왔어요. 비바람이 지붕과 골목길을 휩쓸어도 농장 가운데 있는 작은 마을은 병아리같이 잠자고 있었습니다.

삐냐타 가게 앞을 지나갈 때 셸리는 유리창 안을 슬쩍 들여다봤어요. 그때, 무엇이 우산 속으로 폴짝 뛰어 들어왔어요. 빨간 몸에 빨간 눈, 초록 곱슬머리를 한 아주 못 생긴 홍당무 같은 것이었어요.

"에그머니나! 누구야, 깜짝 놀랐잖아! 너, 가게에서 나온 삐냐타니?"

셸리는 그것을 밀쳐내며 소리쳤어요.

"나는 꼬마도깨비 디아비뇨다. 방망이를 잃어버려서 찾으러 왔는데 못 찾았어. 엄마가 날 쫓아낼 거야. 대신 널 잡아가면 좋아할 테니 잡아갈 테다. 가자!"

힘이 장사인 꼬마도깨비는 셸리의 팔을 붙잡고 다리 쪽으로 끌었어요.

"네가 다리 밑에 산다는 도깨비구나! 방망이를 잃어 버린 도깨비? 웃긴다, 홍당무같이 생긴 게. 난 셸리야. 좀 쉬었다 가자. 디아비뇨야, 내가 얘기할 게 있어."

사실 셸리는 도깨비를 처음 봐요. 무서워 쳐다보지도 못하면서 의젓한 척했어요. 도깨비굴로 끌려가면 살아 돌아올 수 없다나요. 그래서 한 가지 꾀를 냈지요. 도깨비가 이야기를 좋아한다는 걸 알고 있어요. 셸리는 이야기를 시작했습니다.

오늘 셸리는 단짝친구 삐요나의 생일에 초대를 받았어요. 마침 토요일이라 엄마들도 같이 모입니다. 다른 친구들은 엄마랑 삐요나 네로 갔어요. 셸리만 아직도 엄마를 기다리고 있어요. 과일농장에서 일하는 엄마는 토요일이 더 바빠요. 시간 맞춰 과일을 내보내지 않으면 상하기 때문이지요. 엄마는 해가 질 무렵에야 돌아왔어요. 셸리는 파티가 끝났을 거라며 안 가겠다고 고집을 부렸지만 엄마는 셸리를 차에 싣고 가게로 달려갔어요. 이 마을에는 가게가 하나밖에 없답니다.

"아줌마! 아무거나 하나 주세요. 빨리, 빨리!"

엄마는 가게 안을 둘러보지도 않고 소리쳤어요.

"저런, 어쩌나! 다 팔렸네. 오늘은 생일 파티가 너무 많아 하나도 없어요."

아줌마는 울음이 터질 것 같은 셸리의 얼굴을 피하며 대답했어요.

"그것 봐, 다 팔렸대. 난 몰라. 몰라 몰라 몰라!"

셸리는 엄마의 다리를 주먹으로 때리며 울음보를 터뜨렸어요.

"미안해, 엄마가 미안하다."

엄마가 쩔쩔매며 달래면 달랠수록 셸리는 더 서럽게 발버둥 치며 울었어요. 엄마랑 같이 가야 할 일이 있을 때마다 농장에서 일하는 엄마 때문에 늦기만 했던 일들이 울음보 속에 감춰져 있다가 터져 버렸어요. 엄마도 속상했지만 부드럽게 말했어요.

"아가, 예쁜 내 딸! 울지 마라. 내가 다른 것 찾아줄게."

"싫어, 싫어. 삐냐타 없는 생일은 생일이 아냐. 안 갈 거야."

소리 칠 때 가게주인이 구석에서 하얀 종이 코끼리 한 마리를 찾아왔어요.

"괜찮다면 이거라도 가져가 보렴."

셸리는 어림없는 소리 말라며 고개를 세차게 흔들었어요. 꾀죄죄한 꼴이라니, 흥! 내가 삐요나 단짝이니 당연히 내 삐냐타가 젤 멋져야 하는 거야! 속으로 외쳤지요. 하지만 엄마는 얼른 그 코끼리를 낚아챘어요.

"괜찮구말구요. 이리 주세요. 고마워요. 너무 고맙죠. 안 그
러냐, 셀리야?"

"어쩌나, 그런데 속이 텅 빈 거예요. 개구쟁이들이 다리 하
나를 뽑고 그 구멍으로 사탕을 다 빼먹고 버린 거예요. 대신
돈은 안 받겠어요."

가게주인이 미안해 하는 표정을 지었어요. 셀리는 뒷다리
하나가 빠져나간 절름발이 코끼리를 곁눈으로 훔쳐보고는
더 큰 소리로 울었지요. 엄마는 삐냐타 살 돈으로 삐요나에
게 줄 분홍색 머리핀을 샀어요.

엄마는 호도, 아몬드, 피칸 같은 마른 씨앗들로 코끼리 배
를 가득 채운 다음 다리가 있던 구멍을 실로 꼼꼼하게 꿰매
주었어요.

"뒷다린 어떡해. 다리가 없잖아. 다리가 있어야 해."

"아가! 삐냐타는 터지면 그만이야. 그리고 코끼리는 코가
중요해. 얘 좀 봐라. 하늘로 쳐든 코가 꿈을 꾸는 것 같잖니?
멋지지? 모두 부러워할 거야. 어서 가자."

코가 꿈을 꾼다는 말은 처음 들었지만 셀리는 얼떨결에 차
속으로 떠밀려 들어갔어요. 엄마는 힘껏 달렸어요. 도깨비다
리를 건너 삐요나네 집에 도착했을 때는 해가 산을 꼴깍 넘
어가고 있었어요.

아직도 모두들 셀리를 기다리고 있었어요. 셀리가 도착하

자 바로 파티가 시작됐지요. 케이크를 자르고 노래도 부르고 선물도 주었어요. 드디어 걱정하던 삐냐타 터뜨리기 시간이 돌아왔어요. 셀리는 코끼리를 치마에 감추고는 삐요나를 따라 뒤뜰로 나갔어요. 커다란 레몬나무가 두 그루 그 사이에 기다란 빨랫줄을 걸고 거기에 삐냐타를 매달았어요. 아기곰, 다람쥐, 하마, 강아지, 토끼…, 친구들은 자기의 삐냐타를 잘 보이는 곳에 매다느라 바빴어요. 셀리는 살금살금 나무그늘로 갔어요. 잘 보이지 않는 곳에 코끼리를 얼른 매달아놓고는 시치미를 뚝 떼고 있어요.

드디어 오늘의 주인공이 플라스틱 방망이를 들고 삐냐타 앞으로 갔습니다. 친구들도 작은 돌멩이나 방망이를 들고 그 뒤에 섰어요. 삐냐타들은 사탕으로 가득 찬 빵빵한 배를 내밀고 빨리 터뜨려 주기를 기다리고 있는 것 같았어요. 삐요나가 맨 먼저 공작새의 배를 힘껏 치자 사탕이 와르르 쏟아졌어요. 그러자 아이들도 돌을 던져 삐냐타의 배를 터뜨렸어요. 사탕이 주르르 쏟아졌어요. 아이들은 와아와아 소리 지르며 사탕을 바구니에 주워 담느라 정신이 없었어요. 셀리도 사탕을 주워 담았지만 코끼리가 매달린 나무는 쳐다보지 않았어요. 누가 코끼리를 들고 올까 봐 마음이 조마조마했어요. 코끼리를 가져오는 아이가 없자 셀리는 코끼리를 잊어 버리고 마음껏 웃고 노래하며 신나게 놀았습니다.

"그래서? 그래서 그 코끼리는 어떻게 되었니? 빨리 말해
봐."

잠깐 숨을 돌리는 사이에 꼬마도깨비는 재촉을 해요. 성질
이 급한가 봐요.

도깨비다리 반대편 끝에서도 똑같은 일이 일어나고 있었
어요. 절름발이 코끼리가 셸리를 찾아오고 있었어요. 다리를
건너려고 할 때였어요.

"넌 누구냐? 여기는 도깨비다리, 내 허락 없이는 못 건너간
다."

"나는 하얀 코끼리 삐냐타다. 내 주인 셀리한테 간다. 보내
줘."

"안 돼. 내 아기 디아비뇨가 안 돌아오니 대신 너를 데려가 겠다."

도깨비 엄마는 코끼리 코를 힘껏 잡아 당겼어요. 얼마나 힘이 센지 코가 떨어질 것 같았어요. 코끼리는 도깨비를 아주 아주 무서워해요. 마침 좋은 생각이 떠올랐어요. '옳지, 도깨비는 이야기를 좋아한다지?'

코끼리는 말했어요.

"아줌마, 도깨비아줌마, 내가 슬픈 얘기를 해 드릴게요."

코끼리는 훌쩍훌쩍 우는 시늉을 하며 오늘 있었던 얘기를 시작했어요.

아무리 기다려도 아기코끼리를 터뜨리러 오는 아이는 없었어요. 그래도 셸리는 오겠지 하고 기다렸지요. 하지만 셸리는 시치미를 뚝 떼고 쳐다보지도 않았어요. 오히려 친구들이 절름발이 코끼리를 터뜨려 사탕이 아닌 씨앗을 꺼내 웃음거리가 될까봐 걱정하고 있었지요. 갑자기 뒷마당이 조용해졌어요. 나무 밑은 아까보다 더 어두워요. 코끼리는 어둠 속에 파묻혔어요. 잔치가 끝났지요. 아이들은 모두 집으로 돌아갔어요. 아기코끼리 혼자 남았어요. 하필 이때 배가 살살 아프기 시작했어요.

"배 아파, 배가 터질 것 같아. 뱃속에 있는 것 좀 꺼내 줘.

아이고, 아파라."

작은 소리로 울던 코끼리는 아무도 오지 않자 더 큰 소리로 울부짖었어요. 이때였어요. 어디선가 가냘픈 목소리가 들려왔어요. '저런! 배가 많이 아프니?' 자세히 들어보니 자기를 걱정하는 소리 같았어요. 캄캄한 어둠에 대고 물었어요.

"너는 누구니?"

"난, 하늘에서 떨어진 아기별이란다. 이슬비에 젖어 떨어지고 말았어. 몸이 말라야 하늘로 올라갈 수가 있지. 해 뜰 때까지 기다려야 해. 엄마가 많이 걱정할 테니 오늘 밤에 돌아가고 싶어. 그렇지만 울진 않아. 우는 대신 생각하는 게 나아."

코끼리는 울음을 멈추고 눈을 크게 떴어요. 여기저기 찾아보니 나뭇잎 사이에 아주 작은 빛 부스러기가 반짝이고 있었어요. 반짝이 아기별이 틀림없어요.

"울지 마. 다 괜찮아질 거야. 우선 배가 왜 아픈지 생각해 보자."

코끼리는 셀리 엄마가 배에 씨앗들을 잔뜩 집어넣은 것을 말했어요.

"하하하, 씨앗들이 커져서 배가 빵빵해진 거야. 씨앗이 살아있기 때문이지. 배에 힘을 줘봐. 발이 떨어져 나간 자리로 빼낼 수 있어. 구멍 뚫렸던 자리."

코끼리는 배에 힘을 잔뜩 쏟아 부었어요. 구멍을 꿰맨 자리에 실밥이 터지자 아몬드 씨앗 하나가 땅으로 툭, 떨어졌어요. 곧이어 호도, 피칸, 호박씨들도 우루루 쏟아졌어요. 배가 텅 비자 배 아픈 게 사라졌어요.

"고마워, 아기별! 이제 배 안 아프다."

"잘 됐네. 그런데 나는 하늘로 올라가야 하는데 어떡하지?"

아기별이 자기를 도와 주었듯이 아기코끼리도 아기별을 도와 주고 싶었어요. 그렇지만 날개가 없어 업고 갈 수 없어요. 뒷다리 하나 없는 절름발이예요. 달릴 수도 없어요. 코끼리의 마음을 알고 있다는 듯이 아기별이 물었어요. 날 도와 주고 싶니? 그럼, 꼭 도와주고 싶어. 네가 날 도와 주었듯이. 그러자 아기별이 코끼리가 매달린 나무 위로 살금살금 건너와서 코끼리를 나뭇가지에서 풀어 주었어요.

"간절히 바라면 이루어진다는 말 아니? 저 씨앗들 자랄 수 있겠지?"

"그럼, 자랄 수 있어. 아주 큰 나무가 될 거야. 난 믿어."

"그럼 우리 함께 믿어보자. 자 씨앗들을 하나씩 땅에 묻고 물을 주는 거야."

코끼리는 막대기로 땅을 파고는 호도, 아몬드, 피칸, 호박씨를 각각 하나씩 심고 물을 주었어요. 그러고는 중얼중얼

주문을 외우기 시작했어요.

"내친구엄마가기다려요엄마곁으로돌아가게나무를크게크게크게길러주세요나무나무크게크게나무나무자라게도와주세요나무는커져야하늘까지올라갈수있어요믿어요."

나중에는 자기가 무슨 말을 하는지도 모르고 간절히 주문을 외었어요. 얼마쯤 시간이 지나 눈을 떠 보니 호박씨가 밧줄 모양의 튼튼한 나뭇가지로 자라 하늘로 올라가고 있었어요. 어느새 아기별이 호박나무 가지 위에 앉아 소리쳤어요.

"고마워, 아기코끼리! 너도 가지 하나를 네 다리에 붙여 봐. 그리고 네 주인을 찾아가 내가 너 가는 길을 비춰 줄게. 꼭 찾아가. 알았지? 안녕!"

별이 하늘로 사라진 다음 코끼리는 내 다리, 내 다리. 주문을 외우며 호박나무 가지 하나를 잘라 구멍 난 곳에 끼워 넣었어요. 그랬더니 멀쩡한 다리가 되었어요. 이제는 절름발이가 아니에요. 코끼리는 쿵쿵 뛰어보았어요. 호박나무 새싹이 코끼리를 쳐다보며 호호 웃어요. 아기별을 엄마한테 바래다 주고 돌아온 호박나무가 제 자리로 돌아온 것이에요.

밤이 많이 깊었어요. 긴 하루였어요. 코끼리가 졸린 눈을 비비며 잠자리를 찾고 있을 때 우루루 쾅쾅 갑자기 비가 쏟아지기 시작했어요. 저런! 큰일 났지요. 코끼리는 종이로 만든 삐냐타예요. 비를 맞으면 찢어지고 말지요. 이파리가 넓은 무화과나무 아래 몸을 숨겼지만 비는 더 무섭게 쏟아져 내렸어요.

마귀할멈의 손톱 같은 나뭇가지들이 서로 할퀴고 부딪쳐 깍깍깍 까마귀 우는 소리가 났어요. 겁이 많은 코끼리는 무서워 벌벌 떨며 엄마를 불렀지만 엄마는 없어요. 어쩌면 셀리 엄마는 나를 걱정해 줄지도 몰라. 셀리 엄마가 구멍 난 다리를 꿰매주던 일이 생각났어요. 가게로 돌아가 팔릴 수도 있을 거야. 내 배에 사탕을 가득 채우겠지.

아이들이 자기를 둘러싸고 귀여워하는 모습을 상상하니 정말 행복했어요. '그렇지만 나는 친구도 없고 엄마도 없으니 갈 곳이 없네.' 아기코끼리가 이런 생각에 또 서럽게 울고 있을 때 '미안해. 내가 잘못했어.' 셀리의 목소리가 들려왔어요. 코끼리는 용기가 솟아났어요. '그래, 셀리는 내 주인이야. 가서 내 꿈을 말해 보자. 나는 다시 멋진 생일선물이 될 수 있어.' 코끼리는 무화과 이파리로 온몸을 감싸고 도깨비다리까지 왔어요. 셀리네 집은 도깨비다리 건너에 있다는 걸 기억해 낸 것이지요.

"도깨비아줌마, 나는 이 다리를 건너가서 셀리를 만나야 해요. 아줌마는 아기도깨비를 만날 수 있겠지요. 우리 같이 다리를 건너가 찾아봐요."

다리 반대편에서도 아기도깨비가 말했어요

"아기코끼리가 어떻게 되었는지 모르는구나. 너는 나쁜 아이야. 알겠니? 비가 오니 종이 코끼리가 찢어졌는지도 모르지. 네가 버리고 왔으니 네가 찾아야지. 빨리 가서 찾아보자. 못 찾으면 널 데리고 도깨비굴로 갈 거다. 알겠지?"

아기도깨비는 겁에 질려 떠는 셀리의 손을 잡고 뛰기 시작했어요. 그때 반대편에서도 엄마도깨비가 아기코끼리를 따라 뛰어오고 있었어요. 비는 쉬지 않고 쏟아지고 있어요. 앞이 잘 보이진 않지만 먹구름 속에서 반짝이 아기별이 한 줄기 빛을 힘껏 보내주고 있어요.

아기코끼리와 엄마도깨비, 셀리와 아기도깨비는 다리 한가운데서 딱 마주쳤어요. 서로를 알아 볼 수가 없으니 무척 겁이 났어요. 더 무서운 도깨비가 나타난 줄 알았지요. 아기코끼리가 있는 힘을 다해서 소리를 질렀어요. 목소리가 크면 이기는 줄 알았거든요.

"누구냐? 썩 비키거라! 나는 바위같이 커다란 코끼리다!"

"으하하하! 나는 산같이 커다란 도깨비다! 덤빌 테면 덤벼라!"

아기도깨비가 바짝 다가서며 소리치자 엄마도깨비가 냄새를 맡았어요.

"얘야, 디아비뇨야! 감기 들라 빨리 집에 가자. 쯧쯧, 장난꾸러기! 아이고!"

엄마도깨비는 아기도깨비를 데리고 재빨리 다리 아래로 사라졌어요. 코끼리가 우산 속으로 코를 밀어넣었어요. 셸리는 그것을 만져보고는 자기가 버리고 온 코끼리인 것을 금방 알아보았어요. 너무나 반가워 와락 껴안았어요. 가벼웠어요. 너무 가벼워서 슬펐어요. 코끼리는 가게로 돌아가 사랑 받는 삐냐타가 되고 싶다고 말했어요. 아이들의 방망이에 배가 터질 줄 뻔히 알면서 그런 말을 하니 또 슬펐어요. 버리고 온 잘못을 뉘우친 셸리는 코끼리의 소원을 들어주었어요. 지금은 가게에 다른 삐냐타들과 나란히 진열되어 있습니다. 하얀 코끼리 삐냐타는 오늘도 생일선물로 팔려나가기를 기다리고 있어요.

아! 마침 귀여운 소녀가 가게로 들어왔네요.

"아줌마, 저기 하얀 코끼리 삐냐타 주세요. 오늘 셸리 생일이에요."❖

블루 캐년

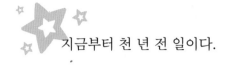지금부터 천 년 전 일이다.

하늘을 찌를 듯한 바위들이 줄을 잇고 있는 깊고 깊은 골짜기에 파랑새 한 마리가 날고 있었다. 파랑새는 바위 위 나뭇가지 이곳저곳을 날아다니며 노래를 불렀다. 큰 바위 뒤에 숨은 여우가 목을 길게 빼고 물었다.

"무슨 재밌는 일이라도 있니?"

파랑새는 못 들은 척 더 높은 나무 끝에 올라가며 노래했다.

"이리 와요, 내 눈. 어서요. 내 눈이 있던 자리로 돌아와 줘요."

눈이 있던 자리로 돌아와 달라니! 이상한 노래였다. 여우는 노래가 들리는 쪽으로 고개를 길게 뽑았다. 파랑새가 있는 곳이 희뿌옇게 보였다.

"이리 와요, 내 눈. 어서요. 내 눈이 있던 자리로 돌아와 줘요."

여우는 아름다운 초록 눈을 가지고 있었지만 세상 모든 것이 그저 희뿌옇게 보였다. 그런데 파랑새는 아예 눈이 없었다. 자기 눈을 뽑아 하늘에 던져 놓고는 다시 돌아와 달라고 노래를 부르는 중이었다.

"이리 와요, 내 눈. 어서요. 내 눈이 있던 자리로 돌아와 줘요."

그때 파랑새의 눈이 하늘에서 빙글빙글 돌며 내려왔다. 그러더니 파랑새의 눈 자리에 정확히 박혔다.

"아, 이제 잘 보이네. 아이, 좋아라!"

파랑새는 다시 큰 소리를 노래를 불렀다.

"이제 돌아왔네, 내 눈. 아주 잘 보이는 눈으로 돌아왔네."

여우는 파랑새의 노래하는 걸 들으며 소리쳤다.

"파랑새야, 내 눈도 새 눈으로 바꾸어 줄 수 있겠니?"

파랑새는 여우의 부탁을 듣자마자 그럼, 그럼, 하더니 여우의 초록 눈을 뽑아 하늘에 던져 놓았다.

"여우야, 이제 나처럼 노래를 불러 봐. 그러면 너에게도 새 눈이 돌아올 거야."

여우는 파랑새의 말대로 노래를 부르기 시작했다.

"이리 와요, 내 눈. 어서요. 내 눈이 있던 자리로 돌아와 줘요."

여우가 노래를 부르는 동안 여우의 눈앞에는 아무것도 보이지 않았다. 파랑새 어디 갔지? 하고 주위를 둘러보니 파랑새도 자취를 감추고 없었다.

"이리 와요, 내 눈. 어서요. 내 눈이 있던 자리로 돌아와 줘요."

여우는 간절한 음성으로 노래를 불렀다. 그래도 아무도 대꾸해 주지 않았다. 여우는 더욱 간절히 노래했다. 그렇게 몇

번을 노래했다. 그때였다. 어디선가 파랑새의 목소리가 들렸다. 파랑새는 여우와 같은 노래를 부르고 있었다.

"이리 와요, 내 눈. 어서요. 내 눈이 있던 자리로 돌아와 줘요."

그러자 여우의 머리 위로 무엇인가 내려왔다. 여우의 눈이었다. 여우의 눈이 정확하게 제 자리를 찾아 박히고 있었다.

"아, 이제 돌아왔네. 온 세상이 환해졌네."

여우는 눈을 끔벅이며 기뻐했다. 골짜기의 바위와 나무와 풀이 다 잘 보였다.

"파랑새야, 고마워. 꼭 보답할게."

"그래, 친구끼리 서로 돕고 살아야지."

여우와 파랑새는 함께 노래를 불렀다.

산골짜기에 겨울이 찾아왔다. 골짜기는 눈 속에 완전히 잠겼다. 풀도 나무도 잘 보이지 않았다. 파랑새가 여기저기 날아다니다 사슴이 눈 속에 쓰러져 있는 것을 보았다.

"아, 배고파. 배고파 죽을 것 같구나. 나뭇잎은 꽁꽁 얼었고 풀을 찾을 수 없고."

파랑새가 사슴을 일으켜 세우자 그 옆에서 너구리의 기침 소리가 들려왔다.

"나도 며칠째 아무 것도 먹지 못했어."

"이거 큰일 났구나. 어서 먹을 것을 찾아봐야겠어."

파랑새가 먹을 것을 찾아 자리를 옮기자 그곳에는 기린이 긴 목을 땅에 끌며 지나갔다.

"아무도 우리를 구하지 못해. 죽을 곳을 찾아야 해."

파랑새가 먹을 것을 찾는 곳마다 그곳에는 굶어 죽어가는 친구들이 있었다. 산토끼, 고라니, 오소리, 곰….

"이곳은 마을에서 멀리 떨어져 있어."

"아무도 우리에게 먹을 걸 주지 않아."

"여기는 비밀의 땅, 우리는 유령과 다름없어."

"죽어도 이곳은 우리의 땅. 흔적을 남겨야겠어."

"우리는 죽어서도 우리 땅을 지킬 거야."

"파랑새, 우리를 도와줘. 우리는 죽어도 여기 살아있게 해줘."

파랑새는 그들의 말을 들으며 눈물을 흘렸다.

파랑새는 여우가 살고 있는 동굴로 날아갔다.

"죽어도 살아있게 해 달라구? 그게 말이 돼?"

파랑새의 얘기를 전해 들은 여우는 난감해서 소리쳤다.

여우와 파랑새는 생각하는 바위로 올라갔다. 바위들은 높은 언덕 위에 울타리처럼 줄지어 서 있었다. 바위에 앉으면 푸른 골짜기가 구석구석 다 보였다.

여우와 파랑새는 바위 꼭대기에 앉아 생각에 잠겼다. 하늘이 머리에 닿을 만큼 가까웠다. 눈은 쉬지 않고 내려 그들의 몸을 하얗게 덮었다.

"그래! 우선 동물들이 죽기 전에 바위 위로 옮겨 놓는 거야."

영리한 여우는 파랑새에게 자기가 생각한 계획을 설명했다.

"아, 맞아! 그렇게만 된다면 죽어서도 살아있는 거네. 천 년 만 년."

파랑새는 깊은 골짜기로 날아가 죽어가는 동물들을 설득했다.

"너희들을 영원히 살아있게 할 거야. 가자, 힘을 내!"

동물들은 파랑새를 따라 생각하는 바위로 옮겨갔다. 여우가 동물들이 앉을 자리를 하나씩 내 주었다.

여우와 파랑새는 밤마다 바위 꼭대기에 앉아 하늘에 대고 기도했다.

"눈 대신 흙을 내려 주세요. 흙으로 친구들을 덮어 주세요. 부탁합니다."

동물들이 기도소리를 들으며 한 마리 두 마리 죽기 시작했다. 앉은 채 또는 서서 죽었다.

한 달이 지나갔다. 마지막 조그만 줄무늬다람쥐까지 다 죽었다. 이때도 여우와 파랑새는 기도를 멈추지 않았다. 새벽이었다. 잠깐 잠이 들었다 깨어난 파랑새는 깜짝 놀랐다. 죽은 동물들이 모두 돌로 변해 있었다. 살아있는 모습과 너무나 똑같았다. 아래 부분은 빨강, 가운데는 하얀 띠, 가슴은 파랑, 머리에는 하얗고 붉은 띠를 두른 동물 모양 바위였다.

"밤 사이 흙을 내려 주셨네. 기도를 들어 주셨네."

산토끼, 고라니, 점박이 사슴, 너구리, 오소리, 붉은 곰, 기린, 줄무늬 다람쥐…. 귀여운 모습 그대로 자기들의 고향 푸른 골짜기를 바라보고 있었다. 죽었으나 살아있는 모습 그대로 자기가 태어난 곳을 지키고 있었다. 여우와 파랑새는 바위들을 하나하나 안아 주었다.

그로부터 천 년의 세월이 흘러갔다.

애리조나 주에 살던 나바호 인디언이 말을 타고 혼자 여행을 하다가 길을 잃었다. 마을을 찾아 헤매다가 푸른 골짜기로 들어갔다. 세상이 온통 푸른빛을 띠고 있었다.

문득 하늘을 바라보던 그는 우뚝 솟아 있는 바위 꼭대기에서 자기를 내려다보고 있는 수많은 동물들을 보았다. 그는 무서워서 움직이지 않고 자세히 살펴보았다. 동물인데 움직이지 않았다.

"이상하다. 살아있는 것 같은데 움직이지 않네."

그는 해가 지기 전에 골짜기를 빠져나가 이 사실을 세상에 알렸다.

이리하여 천 년이 넘도록 비밀에 쌓여 있던 푸른 골짜기가 세상에 알려지게 되었다. 지금은 '블루 캐년'이란 이름으로 유명한 관광지가 바로 그곳이다. 물론 그곳이 천 년 전 어떤 모양이었는지를 아는 사람은 아무도 없다.◈

유령의 골짜기

눈을 번쩍 떴다. 밤중이었다. 누가 나를 깨운 것 같은데 생각나지 않는다. 창 쪽으로 고개를 돌리니 달과 눈이 딱 마주쳤다. 유리창에 가득 찰 만큼 큰 얼굴이다. 내가 사는 캘리포니아는 달이 아주 크다. 보름달이 뜰 때면 엄마는 늘 말했다.

"사막이라 그런지 달이 크기도 하지. 손으로 잡을 것 같네. 낮게 내려왔어."

아파트 5층 내 침대에서는 빌딩보다 높은 팜츄리 꼭대기가 보인다. 머리카락을 늘어뜨린 나무가 달빛 아래 고요하다. 바람 없는 밤이다.

좁은 복도를 따라 스파이더맨처럼 날렵하게 벽을 짚으며 앞으로 나갔다. 화장실에 갔다 올 때 무엇을 찼다. 그것을 집어 들고 방으로 와서 불을 켰다.

"토토카! 너였구나! 놀랐잖아. 어? 목이 달아났네? 머리가 없어."

끝까지 스파이더맨을 했어야 했다. 맘 놓고 오다 그만 토토카를 찬 것이다. 몸뚱이만 남은 나무인형은 말이 없다. 내가 다섯 살 때 플리마켓에서 산 것이다. 얼굴이 빨간 여자인디언 인형은 파랑과 빨강 노랑을 엮어 만든 머리띠를 하고 붉은 망토를 걸치고 있었다. 먼지를 폭삭 뒤집어쓴 꾀죄죄한 모습이어서 사고 싶지 않았다. 그런데 그 애가 내 눈길을 잡아끌었다.

"엄마, 쟤 좀 봐. 자꾸 윙크해."

"애가 별 소릴 다 하는구나. 갖고 싶으면 사줄게."

엄마는 눈을 들여다보지도 않고 샀다. 장난 아니라며 나는 인형을 엄마 눈앞에 갖다대 주었다. 눈은 꿈쩍도 하지 않았다. 그냥 나무인형이었다.

"너 날 놀리니? 왜 시치미를 뚝 떼니? 응?"

억울해서 소리치자 내 손 안에서 눈을 깜빡깜빡, 또 윙크를
했다.

집에 와서 목욕을 시켰다. 깨끗이 말려 책상 위에 세웠다.
인디언 소녀다. 어른 손 크기다. 발등에 토토카(totoca)라고
새겨져 있다. 형제가 없는 나는 토토카와 금방 친해졌다. 유
치원에서 돌아오면 내 손엔 언제나 토토카가 있었다. 밤에
토토카가 내 베개 위에 있어야 잠들 수 있었다. 토토카는 소
곤소곤 나하고만 말한다. 나한테만 윙크한다. 우리는 비밀을
나누는 친구가 되었다.

유치원을 끝내고 지금 나는 초등학생, 1학년? 아니, 벌써 2
학년 형님이 되었다. 어제 나와 토토카는 작은 말다툼을 했다.
토토카는 추방당했다. 주인님의 말에 순종하지 않은 벌이다.
유배지는 멀지 않다. 화장실 앞이었다. 그것을 깜빡 잊은 내가
발로 차 버린 것이다.

복도 끝 구석에서 거북이처럼 처량하게 울고 있는 것을 찾
아냈다. 밤톨만 한 머리통을 손바닥에 올려놓고 머리띠를 똑
바로 매어주자 더 서럽게 울었다. 가슴이 찌르르 했다. 엄마
가 아팠을 때보다 더 슬펐다.

"미안해. 내가 잘못했어. 울지 마. 네가 울면 내가 많이 아
파, 가슴이."

공구박스에서 비상용 번개 풀을 찾아 들고 말했다.

"이거 만능 풀이야. 감쪽같이 붙여 줄게. 걱정 마."

부러진 목에 풀을 발랐다. 후우, 입김으로 조금 말린 다음
그 위에 머리통을 얹었다. 흉터자국에 빙 돌려가며 다시 풀
을 바르고 부채질을 했다. 머리가 미끄러져 내리지 않게 꼭
붙잡고 있어야 했다. 십분쯤 있다가 손을 뗐다. 팔이 아파 더
있을 수 없었다. 히야, 붙었다! 목이 움직이지 않는다.

"쟈슈, 말해도 되니?"

숨도 안 쉬고 있던 토토카가 잠긴 목소리로 입을 열었다.

"그럼, 어서 말해 봐. 너 죽었다가 살아난 거야, 그치?"

"나를 페이지로 데리고 가 줘. 부탁이야."

"너, 또 그 소리니? 안 간다고 분명히 말했잖아."

"알아. 그렇지만 언제 또 목이 부러질지 몰라. 난 영영 고향
에 못 갈지도 모르고."

빨강 망토 위에 눈물이 뚝뚝 떨어졌다.

"울지 마. 잊어 버려. 두 번 말하지 마. 안 가."

"친구가 날 기다리고 있어. 저 달을 보며 날 생각하고 있을
거야."

"친구는 벌써 죽었을 거야. 늦었어. 갈 필요 없어. 아무도
널 기다리지 않아."

"아니야, 아니야. 난 알아. 달이 뜨고 지고 바위산이 무너져

도 기다린다."

토토카는 흐느껴 울기 시작했다 빨간 얼굴이 눈물에 젖어 까맣게 보였다.

어제 일이다. 엄마 아빠가 그랜드 캐년으로 하루 여행을 간 다고 했다. 그 날이 바로 내일이다. 하필 내 친구 생일이다. 나 는 친구 집에서 지내기로 했다. 토토카가 내 귀에 속삭였다.

"쟈슈, 같이 간다고 해. 따라 가자. 응? 부탁이야."

"싫어, 내 친구 찰리의 생일이란 말이야. 안 가."

"같이 가자. 날 데리고 가줘. 나도 네 친구잖아. 부탁해."

왜 따라가야 하는지 묻지도 않고 화난 얼굴로 째려봤다. 그 는 질렸는지 더 조르지 않았다. 우울한 얼굴로 내 눈치만 살 폈던 토토카를 밤에 벌을 세웠다. 주인님 말씀에 대들지 못 하게 할 필요가 있다. 벌까지 섰던 그가 또 조르기 시작한다.

"토토카, 그 얘긴 어제 끝났지 않니?"

내 목소리는 한결 부드럽다. 이유를 묻지 않고 화를 냈던 일과 목을 부러뜨린 일이 찔렸던 것이다. 토토카는 그 틈을 파고들었다.

"네가 내 친구라면 왜 내가 페이지로 돌아가야 하는지 물 어봐야 하는 거 아닐까? 페이지는 내가 태어난 고향이야. 누 구나 고향에 가고 싶어 하지. 안 그래?"

토토카는 맨날 맞는 말만 한다. 나는 말없이 고개를 숙였다.

"사실 나는 플리마켓에 있을 때가 더 좋았어. 많은 사람을 구경할 수 있었고 얼굴 빨간 고향사람을 만날 수 있을 거란 기대가 있었거든. 바람 냄새와 바람의 색깔도 좋았어. 그래. 이 책상 위에서도 하늘, 구름, 달, 별, 해님, 팜츄리 꼭대기를 볼 수 있지. 너와는 얘기를 나누며 살고 있지만 저 친구들과는 아직 비밀을 튼 사이가 아니야. 쟤들은 아무도 나에게 말을 걸지 않아. 너는 학교에 가고 수영장에 가고 산타모니카 바다에도 가지만 날 데려가진 않지. 난 불평하지 않았어. 데려가 달라고 조르지 않았어. 구름이 그리는 그림이 좋았으니까. 천사도 양떼도, 데이지 피는 언덕도, 날치가 떼 지어 날아가는 물결도 얼마든지 보여주었어. 그리고 팜츄리의 초록빛 머리칼을 빗질하며 흘러가는 바람결이 보기 좋아서 지루하진 않았어. 쟈슈! 말했지만 이런 친구들은 아무도 나에게 눈을 마주치지 않아. 나의 이름을 불러주지 않아. 물론 말을 걸지 않지. 나 혼자 바라볼 뿐이야. 혼자 생각하고 혼자 웃고, 말하고…. 내게도 내 이름을 불러 주던 친구가 있었다는 것을 너는 모를 거야. 누구나 그런 친구가 필요하지 않겠니?"

"저런! 토토카, 난 내가 너의 하나밖에 없는 친구인 줄 알았어."

"그래, 우린 친구야. 잊을 수 없는 친구가 또 있어. 옛 친구,

약속한 친구."

"무, 무슨 약속? 누구랑?"

"뮬러, 다시 만나자고 약속했어. 내 친구 뮬러는 고향의 산골짜기에 버려졌어. 지금은 유령의 마을이 되었다는데."

"뭐? 유, 유령? 고스트 타운에? 수수께끼같이 그러지 말고 자세히 말해 봐."

디즈니 채널에서 유령의 골짜기를 본 일이 있다. 토토카가 거기서 왔다니. 얘기를 듣고 싶어 목이 말랐다. 물을 벌컥벌컥 마시고 그의 눈을 바라보며 재촉했다.

토토카는 혼자 간직하고 있었던 이야기보따리를 풀어 놓았다.

토토카는 캘리포니아의 이웃인 아리조나주에서 만들어졌다. 페이지라는 아주 작은 산골 마을이었다. 지도에 표시되지 않은 이곳이 사람들 사이에 알려진 것은 카우보이 영화촬영장이기 때문이었다.

그곳은 바위와 돌뿐, 농사를 지을 수 없는 땅이다. 이곳 나바호족 인디언들은 영화촬영 일을 도왔다. 그 수입으로 살았다. 찻길에서 마을까지 걸어서 한 시간이 넘는 거리다. 촬영장비는 무겁다. 배우와 스텝들도 걸어야 했다. 쉬운 일이 아니었다. 비좁은 오솔길은 돌과 가시덤불로 덮여 있다. 게다가 험한 낭

떠러지가 곳곳에 숨어 있다.

나바호 인디언들은 아주 오랜 옛날부터 어려운 환경에서 살아가는 지혜가 있었다. 이들은 짐과 사람을 실어 나르는 당나귀를 이용했다. 말보다 작고 온순하며 날렵한 당나귀를 집집마다 길렀다. 사랑스런 이 동물을 뮬이라 불렀다. 수컷은 뮬로, 암컷은 뮬란. 당나귀들은 험한 길을 오르내리며 돈을 벌어 가족으로서 단단히 한몫을 해 냈다. 아침에 나갔다가 찻길에서 영화인들과 짐을 싣고 오는 일은 날마다 계속되었다. 이 길은 '아홉 마리 뮬 길(Nine Mule road)'이라는 이름이 붙었다. 인디언들은 당나귀를 자기 자식과 똑같이 생각하며 집 안에서 함께 살았다.

"토토카야. 너는 나바호족 처녀다. 데이지꽃같이 웃고 살아라."

인형 만드는 무토시 할아버지는 인디언 처녀를 만들어 발등에 토토카란 이름을 새겨주며 이렇게 말했다. 토토카도 사랑을 받고 뮬들도 사랑 받는 날들이 구름처럼 흘러가던 어느 평화로운 저녁이었다. 손님을 실러 갔던 당나귀들이 터벅터벅 돌아왔다. 등에는 아무 것도 없었다.

"아니, 무슨 사고라도 당했나?"

모두 놀라 소리쳤다. 당나귀들은 눈만 끔뻑끔뻑 말이 없었다. 해가 지고 산 그림자가 마을로 내려앉았다. 찾아오는 사람은 없었다. 골목마다 긴 그림자만 늘어났다. 회색빛 그림자 위로 먼지바람이 지나갔다. 못생긴 가시넝쿨, 덤불부시가 굴러다녔다. 마을 사람들은 종탑 앞 모닥불 아래 앉아서 추장의 말에 귀를 세우면서도 굴러오는 덤불부시는 여지없이 불에 던졌다. 불난 데 부채질하는 가시넝쿨이 보기 싫었다. 분위기가 이러니 당나귀들은 혹시 자기들이 무슨 잘못을 했나 걱정스런 얼굴로 어둠 속에서 머리를 조아리고 서 있었다.

"도시에 큰일이 있었겠지."

"내일은 오겠지. 내일은 내일의 해가 뜬다고 하니 기다려 보세."

신문도 라디오도 없는 산골짜기다. 서로를 위로하다 하늘로 얼굴을 돌렸다.

다이아몬드를 뿌려놓은 듯 별만 총총 무심한 얼굴로 입을 다물고 있다. 이렇게 며칠 몇밤이 후딱 지나갔다. 마을을 구경 왔던 손님들도 발길을 끊었다. 개미새끼 한 마리 찾아오지 않자 페이지는 세상으로부터 금방 잊혀졌다. 영화회사로부터 버림받은 것이다. 사람이 사람을 버린 것이 아니다. 유니버설 스튜디오에 페이지와 똑같은 마을을 만든 것이다. '아홉 마리 뮬 길'은 잊혀졌다. 새로 만든 인디언 마을에서 촬영하기도 너무 바빴다.

인디언들은 한 달을 버티지 못했다. 도시에서 식량이 들어

오지 않으면 살 수 없는 곳이었다. 사람들은 마을을 떠나기 시작했다. 빈 집이 늘어났다. 버리고 간 당나귀들이 그 집을 지켰다.

무토시 할아버지도 떠나야 했다. 그날 밤은 달이 밝았다. 바위산 꼭대기에서 달이 눈물 젖은 눈으로 마을을 내려다보고 있었다. 당나귀 울음소리가 하늘까지 울려 퍼졌다. 주인 잃은 뮬들이 머리를 맞대고 울부짖었다. 소리를 합쳐 애달프게 주인을 불렀다. 떠나신 주인님은 대답이 없었다.

"저것들을 어찌 놔두고 떠난단 말이오? 나는 못 가겠소."

무토시는 귀를 막았다. 할머니도 망토자락에 눈물을 닦았다.

"짐승이나 사람이나 배고픈 건 마찬가지. 아이고, 부려먹을 때는 언제고 버리고 떠난단 말이오. 차마 못할 짓이오. 굶어죽을 텐데. 아이고, 어쩌나."

늙은 인디언 부부는 뜬 눈으로 밤을 지새웠으나 뾰족한 방법이 없었다.

"우리도 방 한 칸 없이 떠나는 처지. 당나귀들을 데려갈 수는 없지. 어디 가서 터를 잡으면 그때 와서 데려갑시다."

"여기가 태어난 땅이니 살아남을 수도 있지. 우리 조상님께 기도나 올립시다."

두 사람은 손을 모아 옛사람들이 하던 대로 간절히 기도하기 시작했다.

대지, 그것의 삶과 나는 하나, 호조니, 호조니.

대지의 발은 곧 나의 발, 호조니, 호조니.

대지의 몸은 곧 나의 몸. 호조니, 호조니.

대지의 생각은 곧 나의 생각. 호조니, 호조니.

당나귀들의 울음소리도 호조니, 호조니 노래로 하늘까지 닿는 기도가 되었다. 토토카도 따라 했다. 인디언들은 하늘, 땅, 바위, 나무, 당나귀 심지어 까마귀나 개미도 형제라고 생각했다. 가족인 당나귀를 두고 떠나야 하는 마음이 천 갈래 만 갈래 찢어지는 듯이 아팠다.

토토카는 달을 보며 기도했다. 간절한 부탁이었다.

"제발 내 친구 뮬러를 보호해 주세요"

이때 누가 창문을 두드렸다. 뮬러다.

뮬러는 창문을 열고 언제나 그랬듯이 머리를 들이밀었다. 달빛에 머리털이 금빛으로 빛났다. 유난히 몸집이 작은 뮬러. 누구에게나 머리를 살짝 대 주는 뮬러. 커다란 눈에 긴 속눈썹은 기쁨을 퍼 올리는 음표같이 깜빡거리고, 히잉 웃을 때마다 가지런히 드러나는 하얀 이. 무거운 짐을 지고 걸을 때조차도 사뿐사뿐, 의젓하고 경쾌한 걸음걸이는 왕자님 같다. 사랑하지 않을 수 없는 순둥이 뮬러를 어찌 떠난단 말인가. 토토카는 친구의 머리를 쓰다듬고 어루만지고 또 쓰다듬다

가 할 수 없이 말을 꺼냈다.

"뮬러! 우린 내일 떠나. 어떻게 하니? 미안해, 친구야."

"걱정 말고 떠나. 다 알고 있어. 우린 여기 남을 거야."

"너를 안 보고 어떻게 살아갈 수가 있겠니. 친구야, 정말 미안해."

"너 그거 아니? 짐을 실어 나를 때 죽을 것 같았어. 이제 짐을 지고 돌과 가시덤불뿐인 비탈길을 오르지 않아도 되겠지. 살아간다는 것은 하나의 고통을 보내고 또 새로운 고통을 맞이하는 연속인 것 같아. 기쁨도 밀물 썰물처럼 오고가지 않니."

"그렇게 힘들었니? 몰랐어, 네가 늘 웃고 있어서."

"웃어야지. 그렇지 않으면 다른 방법이 없었어. 난 그것밖에 모르니까."

"미안해, 친구야. 아무도 몰랐을 거야, 그 고통을."

"다 지난 일이야. 발에선 항상 피가 흘렀지. 그렇지만 불평하러 온 건 아니야. 너는 남겨진 우리가 먹을 것이 없다는 걸 걱정하지. 배고픈 건 슬픈 일이다. 죽을 수도 있지. 그보다 더 슬픈 일은 친구를 만나지 못하고 잊혀질 거라는 거야."

"나도 그 생각을 하고 있었어. 얼굴을 못 보고 말도 하지 못하고. 너무 슬퍼."

"토토카! 날 만나러 와 주겠니? 온다고 약속하면 난 살 수 있어. 희망이 있으니까. 희망은 캄캄한 밤바다의 등대 같은 것이지. 난 널 기다릴 거야, 올 때까지."

"당연하지, 뮬러! 반드시 돌아올게. 와서 너를 만날 거야. 약속해."

둘은 달님 앞에서 약속했다. 새벽별도 보고 있었다.

토토카의 긴 얘기는 여기서 끝났다.

"토토카, 엄마 아빠가 여행하는 길에 있는 유령의 골짜기가 네 고향 페이지란 말이지? 거기 네 친구 뮬러가 아직 살고 있다고 믿어? 10년 전에 떠났는데."

의심에 찬 내 목소리가 높아졌다.

"그렇다니까. 티비에서 봤지? 고스트 타운 페이지. 관광지로 소개하더라."

유령의 골짜기. 호기심 많은 나는 자세히 보았다.

10여 년 동안 버려져 있던 인디언 마을에 밤이면 유령들이 돌아다닌다고 했다. 빨간 얼굴 인디언들과 당나귀 귀신들이 골짜기를 바람처럼 울부짖으며 헤맨다고 했다. 아리조나 주정부도 소문을 들었다. 정부는 그랜드 캐년이나 브라이스 캐년처럼 광대한 협곡 관광에 넋을 잃은 관광객들에게 흥미 있는 얘깃거리를 보여주기로 했다. '아홉 마리 뮬 길'은 당장 말끔한 찻길로 닦았다. 고스트 타운 팻말도 세웠다. 뭐? 유령의 골짜기? 가 봐야지! 관광차는 그냥 지나치지 않았다. 배부르게 잔뜩 먹고 껌을 찾는 기분으로 골짜기 좁은 길로 찾아들었다. 인디언들도 고향으로 돌아오기 시작했다.

"이제 알겠니? 나는 페이지로 가야만 해. 데려가 줘, 쟈슈!"

나는 대답하지 않았다. 입을 꾹 다물고 있었다. 어떤 못된 생각이 생선의 가시처럼 목을 찔렀다. 질투심 같은 것이.

"뮬러가 그렇게 좋아?"

쓸데없는 말이 튀어나왔다. 아차, 했지만 엎질러진 물이다.

"뮬러는 다른 애들과 달라. 벌레 먹어 구멍 난 잎사귀도 버리지 않아."

"그걸 뭐하게?"

"구멍 사이로 별을 본단다. 예쁜 마음에 예쁜 말을 하는 아이지."

"치이! 누군 나쁜 말만 하니? 너는 좋겠다, 뮬러가 있어서"

퉁명스럽게 쏘아붙였지만 나도 뮬러를 만나고 싶어졌다.

다음날이었다.

"어머! 쟈슈, 너도 갈 거니? 잘 됐다. 같이 가자."

"그랜드 캐년 가는 길에 꼭 들러야 할 곳이 있어서 가는 거예요."

"그랜드 캐년 먼저 가지, 가긴 어딜가?"

"토토카 부탁이에요. 거기가 고향이래요, 고스트 타운."

"얘는 엉뚱한 소릴 잘 해. 호호호호."

엄마는 웃었지만 아빠는 내가 같이 가는 것이 좋은지 말없이 차를 몰았다. 아리조나주에 들어서자 산이 많았다. 마침 산 밑에 기차가 달리고 있다.

"저것이 100량이 넘는 기차란다."

"우와, 길다! 뱀 같아요."

한참을 달려가도 기차는 끝나지 않았다. 그렇게 긴 기차는 처음 보았다. 아빠가 갓길에 차를 세웠다. 구글에서 페이지 마을을 검색했다. 산꼭대기가 마치 테이블처럼 납작한 테이블 마운틴을 바라보며 한참을 달리자 사거리가 나왔다. 안내문이 있다. 고스트 타운 페이지, 그 아래 화살표와 해골이 그려져 있다. 화살표를 따라 천천히 움직였다. 새파란 골프장에 물을 뿌리고 있다. 무지개가 피어난다. 어리둥절했다.

"골프장이라니, 세상이 달라졌네. 찻길도 매끈하고."

토토카가 속삭였다. 차는 구불구불한 산길로 올라간다. 돌뿐인 산에 볼품없이 생긴 누런 가시나무들이 삐죽삐죽 서 있다. 나무도 귀신이 되었을까. 나는 목이 말라 물을 마셨다. 엄마도 아빠도 목이 타는지 물을 마셨다. 모든 것이 후루룩 타 버릴 것 같은 것이 푸른 캘리포니아와는 너무 달랐다.

길은 불타는 태양 아래 하얗게 빛난다. 오가는 차는 없다. 꿈속같이 고요하다. 유령이라도 나타날 것인가 숨죽이고 있을 때 언덕배기에 판자 집들이 보였다. 통나무로 얼기설기

엮어 길을 막은 주차장에 차를 세웠다. 길이 끊긴 것이다.

차에서 내렸다. 사람의 그림자는 보이지 않았다. 아니 인디언을 보았다. 화장실 앞에서, 핫도그 집에서. 영화촬영장이던 곳에 들어갈 때 돈을 내며 보았다. 그렇지만 인디언들은 죽은 사람처럼 말을 하지 않고 돈만 받고는 나무토막같이 앉아 있었다.

'당나귀 먹이'라는 가게 앞에 섰다. '꼭 필요할 테니 사시오. 모이 한 컵에 5달러'라고 적혀 있었다. 얼굴이 호떡처럼 동글납작한 인디언 소녀는 역시 말없이 돈만 받았다.

우리는 종탑이 있는 언덕 위로 갔다. 탑은 금방이라도 폭삭 무너져 내릴 것처럼 낡았다. 고개를 꺾어 종을 올려다보았다. 한때는 눈이 부시게 반짝거렸을 종이 시커먼 쇳덩어리로 매달려 있다. 언제 울렸던가. 고요히 고개 숙이고 있다.

"여보, 저것 좀 봐. 당나귀가 오네!"

"아, 저것이 뮬이군. 나도 처음 보네."

마치 무성영화의 한 장면처럼 소리 없는 풍경 속으로 당나귀들이 돌산에서 걸어왔다. 작고 귀여운 몸을 흔들며 천천히. 먹을 것을 보고도 서두르지 않았다. 품위를 잃지 않는다. 귀엽고 사랑스럽고 여유 있는 걸음걸이다. 멋이 있었다. 이 말도 부족하다. 나는 말을 더 잘하고 싶다. 근사하다고 해야 할까. 그들은 느린 박자의 음표처럼 또박또박 천천히 우리 앞으로 와서 머리를 내밀었다.

한 마리 두 마리 세 마리… 열 마리….

머리를 쓰다듬지 않을 수 없었다. 그리고 손바닥에 모이를 놓아주면 그것을 먹었다. 이것이 '당나귀 모이주기' 체험이었다. 당나귀들은 자기 차례가 올 때까지 그림자처럼 서 있었다. 유난히 몸집이 작은 회색 당나귀가 내 앞에 섰다.

"쟈슈! 나를 이 당나귀 목에 올려 줘."

"저런! 뮬러가 왔구나, 네 친구!"

"맞아, 내 뮬러야!"

감격에 젖은 토토카의 목소리가 툭툭 끊어지며 내 귀에 닿았다. 그를 당나귀 목에 올려 주었다. 내 눈에 눈물이 핑 돌았다. 뮬러의 머리를 만지는 내 손이 떨렸다. 먹이를 받아먹은 뮬러가 내 눈을 바라보며 눈을 끔뻑했다. 인사를 하는 것 같았다. 긴 속눈썹이 하얗게 새어 있었다. 가여운 생각에 자꾸만 머리를 쓰다듬어 주었다.

뮬러는 토토카를 목에 태우고 종탑 안쪽 그늘로 들어갔다. 나도 그들을 따라 가서 조용히 앉아 지난 얘기를 다 들었다.

"토토카! 내 친구! 왔구나! 고맙다. 올 줄 알았어. 나는 너를 믿었어."

"당연히 와야지. 반가워, 뮬러! 내 친구!"

"나는 이제 늙었어. 곧 죽을지도 몰라. 너는 그대로구나, 예쁜 인디언 소녀."

"아니야, 아니야. 너도 그대로인걸. 황금빛 털이 점잖은 회색으로. 하하, 뮬러. 그동안 어떻게 살아남았는지 얘기해 줘. 궁금해서 견딜 수가 없다."

뮬러는 토토카를 목에서 내려 눈앞에 놓았다. 얘기를 하자면 눈을 보아야 한다. 그가 입을 열 때였다. 녹슨 종이 귀를 세웠다. 가시덤불이 굴러왔다. 새들이 노래하다 말고 발아래 앉았다. 돌산이 몸을 낮추고 개미와 말벌, 딱정벌레도 숨죽이며 기어왔다. 바람도 머릿결을 풀고 귀를 씻었다. 뮬러는 한 번 빙 둘러본 다음 천천히 얘기를 시작했다.

10년 전 영화사가 완전히 발길을 끊자, 마을엔 사람의 그림자 하나 없었다. 가축으로 살았던 당나귀들은 빈 집을 뒤졌다. 먹이는 없었다. 산으로 갔다. 바위와 가시뿐이었다. 가시풀을 먹을 수 없어 굶었다. 큰 달이 눈썹같이 작아질 때까지 굶으니 당나귀들은 어느새 가시풀을 뜯어먹게 되었다. 가시는 먹을수록 많은 피를 흘려야 했다. 입 속 상처는 낫지 않았다. 그래도 먹어야 했다. 곪아터진 상처에 병균이 들어갔다. 늙었거나 어린 당나귀들이 병들어 죽었다. 겨울엔 산골짜기에 눈이 쌓였다. 가시나무조차도 이파리가 없다. 봄이 와도 눈은 쉽게 녹지 않았다. 더 많은 당나귀들이 해골처럼 말라 죽었다. 죽은 시체를 까마귀들이 뜯어먹었다.

"너는, 너의 새끼들은 어떻게 살아남았니, 뮬러?"

"무거운 짐을 지고 돌산을 걸었던 당나귀는 더 무서울 것이 없는 거야. 게다가 나에게는 희망이 있었지. 너를 다시 만난다는, 꼭 올 거라는 믿음 말이야."

"내가 온다고 해도 도울 방법은 없었을 거야. 하지만 꼭 와야 했어."

"마주보며 고통을 얘기하는 것, 고통을 들어주는 것 그거야. 달뜨는 밤이면 달을 보며 빌었지. 토토카가 날 잊지 않게 해 달라고. 내 아이들이 아파 울 때마다 토토카가 올 때까지 살아야 한다고 달랬어. 우리 가족은 아침부터 밤까지 널 기다리며 살았어. 조심조심 가시풀을 조금씩 천천히 뜯어먹었어. 다치지 않고 먹는 법을 익혔어. 길들여진 거야. 눈 속, 땅에 붙어 자라는 이끼를 뜯어 먹고 살았어. 그동안 다른 당나귀들은 한 마리도 살아남지 못했다. 다 죽었어. 나는 너와 만나자는 약속을 지키지 않고 죽을 수 없었다. 찻길이 뚫리고 고향사람들이 돌아왔다. 힘들게 살아남고 보니 산을 하나 옮긴 것 같더라. 무서울 것이 없어. 곧 토토카가 오겠지. 마음 푹 놓고 기다렸어. 이렇게 네가 왔어. 우리는 다시 만났어, 토토카야!"

"뮬러! 왜 사람들이 그림자처럼 행동하니? 웃지도 않고 말도 하지 않고?"

"아, 그건 말이야. 유령처럼 살기로 했기 때문이야. 영화촬영을 하지 않으니 보여 줄 것이 없어. 소문대로 유령의 마을이 되기로 한 거지. 히히히힝!"

"내 생각엔 뮬러 너의 새끼들을 보려고 오는 것 같다. 너무 귀여워!"

"히잉! 애들이 귀엽지? 토토카 네가 아니었으면 다 죽었을 새끼들이야. 10년 동안 너는 우리 가족의 등불이었다. 희망의 등대! 목숨을 살리는!"

"뭘 그렇게까지 말하니? 부끄럽다. 하지만 한 번도 널 잊은 적은 없어."

뮬러가 다시 내 앞에 섰다. 목에 토토카를 태웠다. '당나귀 타고 마을 한 바퀴 도는 데 10달러'라고 토토카가 말했다. 우리는 조그맣고 앙증스런 당나귀를 타고 자동차까지 내려왔다. 어른들은 발이 땅에 닿아 걷는 게 편할 것 같다고 했다. 볼 것이라고는 당나귀뿐인 유령의 골짜기였다.

"밤에는 인디언 유령이랑 당나귀 유령들이 히히잉 돌아다닌대."

"밤에 한 번 와 보자."

나와 토토카가 소곤거릴 때 아빠가 자동차 문을 열고 소리쳤다.

"빨리 타! 괜히 시간만 까먹었네."

잽싸게 차 안으로 들어갔다. 차는 달렸다. 히히힝! 이상한 소리가 들렸다.

뒤돌아보니 뮬러와 새끼들이 노래하고 있었다.

대지의 발은 곧 나의 발, 호조니, 호조니.

대지의 몸은 곧 나의 몸. 호조니, 호조니.

차는 속력을 낸다. 주머니가 허전하다. 어? 토토카가 없다.

"아빠! 돌아가 주세요. 토토카를 놓고 왔어요."

"못 봤니? 토토카가 손을 흔들던데? 쯧쯧."

호조니 호조니 히히잉!

유령의 웃음소리 커진다.

보름달 뜨는 밤에 다시 가서 토토카를 찾아와야겠다. 히히 잉!◈

토롱이의 작은 별

어느 여름날 저녁, 숲속 조그만 집에서 사는 꼬마 요정 토롱이가 길을 나섰어요.

일찍 들어오너라.

엄마가 걱정 섞인 목소리로 소리쳤어요. 그렇지만 밤길 걷기를 좋아하는 토롱이는 대답도 하지 않고 숲속으로 달려갔어요. 숲길 양쪽에서 도라지꽃, 달맞이꽃, 패랭이꽃, 별꽃 들이 반겨주었어요. 숲속 친구들과 반갑게 인사를 하며 걷다 보니까 너무 캄캄해 앞이 보이지 않았어요.

어? 집에 돌아가는 길을 찾을 수 없네?

길이 보이지 않자 토롱이는 그만 겁에 질렸어요.

달님, 별님, 집으로 가는 길을 알려 주세요!

하늘을 쳐다보며 소리쳐 보아도 대답이 없어요. 너무 무서워 엄마를 부르며 뛰어가다가 그만 넘어지고 말았어요. 무릎에서 피가 났어요.

아, 아파!

한참을 울다보니 작은 나비들이 팔랑팔랑 날아가는 것이 보였어요.

한 마리 두 마리 세 마리… 열 마리… 스무 마리… 금빛 날개들이 별떨기처럼 캄캄한 하늘에 빛을 뿌리며 날아가고 있었어요.

내 눈물이 나비가 되었나 봐.

하늘로 올라간 나비들은 별무리가 되어 하늘 뒤편으로 사라졌어요. 그런데 어둠 속에서 무엇이 반짝반짝 빛나는 것 같아요. 자세히 보니 맨 꼴찌로 따라가던 꼬마 나비 한 마리가 떨어지고 있었어요.

어머나, 저런! 기운이 없나 봐.

토롱이는 어둠을 헤치고 꼬마 나비가 떨어진 자리를 찾아 냈어요. 풀잎에 이슬방울같이 작은 빛 조각 하나가 겨우 숨을 쉬고 있었어요.

괜찮아, 걱정 마. 높은 곳에서 떨어져 작아진 것뿐이란다.

토롱이는 아기별을 손바닥 위에 올려 놓았어요. 별 부스러기는 반, 짝, 반, 짝 겨우 숨을 쉬는 듯 힘없이 빛을 뽑아내고 있었어요.

어디를 다쳤는지 빨리 집에 가서 약을 바르자.

별은 작고 힘이 없었지만 온 힘을 다해 빛을 뽑았어요. 그 빛은 토롱이가 집으로 가는 길을 보여 주었어요.

고맙다, 아기별아. 너는 크고 멋진 별이 될 수 있어. 벌써 이렇게 길을 찾아냈잖아.

집으로 돌아온 토롱이는 자기가 아기일 때 눕던 예쁜 요람에 별을 넣어 주었어요.

잘 자, 귀여운 친구야!

뽀뽀를 해 주고 싶었지만 너무 작아서 입술에 붙을까 봐

할 수가 없었어요.

　다음날 아침, 토롱이는 일어나자마자 별을 살펴보았어요.

아기별은 어쩐 일인지 어제보다 더 기운이 없어 보였어요.

　토롱이는 아빠에게 물어 보았어요.

　아빠! 별은 무얼 먹고 살까요?

　글쎄, 나도 잘 모르겠다만 빛이 나는 걸 보면 금이나 은 같은 걸 먹는 게 아닐까?

아빠도 참, 뭘 몰라. 이도 없는데 딱딱한 걸 어떻게 씹어먹을 수 있어?

이번에는 엄마한테 쪼르르 달려가서 물어 보았어요.

엄마, 별은 무얼 먹고 살까요?

글쎄, 무엇을 먹고 살기에 그리도 곱게 반짝거릴까? 네가 한 번 말해 볼래?

치이, 엄마는! 모르니까 묻는 건데. 음…, 포도, 수박, 말랑젤리, 딸기, 아이스크림…. 이가 없으니까 말랑말랑한 것을 먹고 살 거야.

토롱이는 아기별에게 수박, 아이스크림, 말랑젤리 심지어는 꿀까지 갖다 주었어요. 그러나 아기별은 아무 것도 먹지 않았어요. 빛도 점점 약해지는 것 같았어요. 이번에는 배추잎사귀도 넣어주었어요.

너무 슬퍼하지 말고 이걸 먹고 기운을 차려 봐.

그러나 잠깐 나갔다 들어와 보니 방 안에는 온통 배추잎사귀가 널려 있었어요.

미안하구나, 배추는 배추벌레나 먹는 건데. 너는 작아도 보석처럼 빛나는 별이야. 그러니 정말 금이나 은을 먹을지도 몰라. 하지만 그것들을 어디서 구하겠니? 나는 부자가 아니란다.

하늘에 별들도 까무룩 잠든 밤, 토롱이는 잠들 수가 없었어요.

내가 잠자는 사이에 넌 죽을지도 몰라. 가엾은 아기별. 말라깽이가 다 되었네. 어쩌면 좋아. 기운이 없어 하늘로 돌아갈 수가 없겠어. 흑흑.

토롱이는 아기별의 얼굴에 눈물을 뚝뚝 떨구다 잠이 들었어요.

다음날 아침이었어요. 아기요람 속에서 별이 환하게 빛나고 있었어요

어머나, 예쁘기도 하지! 통통하게 살이 쪘네!

그러나 며칠이 지나자 아기별은 또 빛을 잃어갔어요.

어쩌면 좋아! 죽으려나 봐. 안 돼, 안 돼!

토롱이는 너무나 안타까워서 또 엉엉 울고 말았어요.

그러자 빛이 점점 밝아지는 것이었어요.

어? 빛이 다시 살아나네? 아기별아, 괜찮니?

아기별은 토롱이의 눈물을 먹고 커지는 것이었어요.

맞아. 너는 지난번에도 내 눈물을 먹고 커졌던 거야. 넌 눈물을 먹고 크는 별이 틀림없어.

이렇게 해서 어린 토롱이는 밤마다 아무도 몰래 별을 바라보며 울어야 했어요.

자, 어떻게 되었을까요. 아기별은 물론 점점 통통하게 살이

찌고 빛도 밝아졌지만 어린 토롱이는 점점 기운을 잃어갔어요. 잠을 못 자니 힘이 없고 무엇을 먹어도 입맛이 없어 먹기 싫어졌어요. 물론이지요. 잘 못 먹으니 눈물이 나오지도 않아요.

이제 내 가슴엔 눈물이 다 말라 버렸나 봐. 슬픈 일이야.

걱정이 많아진 토롱이는 밤하늘을 바라보았어요. 캄캄한 하늘에 함박눈이 쏟아져 내릴 때처럼 수많은 별들이 토롱이의 머리 위에서 빛을 뿌려 주고 있어요. 하지만 그 얼굴들이 슬퍼 보이기만 했어요.

저 속에 아기별의 엄마가 자기 아기를 기다리고 있을 거야. 많이 걱정하겠지. 울며 소리쳐 부르고 있겠지. 내 엄마라면 기절했을 거야.

토롱이는 집으로 달려와 아빠의 금시계와 엄마의 은수저를 가져와 조금씩 가루를 만들어 아기별의 입에 넣어 주었어요. 아기별은 자꾸만 고개를 흔들었어요.

미안해. 넌 먹어야 해. 널 잃을 수 없어. 부탁이야. 좀 먹어봐.

포르스름 빛이 바랜 아기별은 눈을 꼭 감고 대꾸하지 않아요. 너무 가슴이 아팠어요. 토롱이는 또 별의 얼굴에 자기 얼굴을 포개고 엎드려 엉엉 울다 잠이 들었어요. 꿈속에서도 자꾸 흐느꼈어요.

다음날 아침, 토롱이가 잠에서 깨어 보니 별이 사라지고 없었어요. 엄마도 아빠도 모른다고 했어요. 금시계도 은수저도 그대로 있어요. 방은 더 넓어 보이고 쓸쓸하기만 했어요. 별이 없는 방은 파란 슬픔으로 가득 차 있어요. 안개 같은 걱정 속에서 얼마나 울었는지. 얼음칼이 가슴을 찢는 것만 같았어요.

그렇게 가 버리면 난 어떻게 해. 인사도 없이. 난 살 수 없을 것 같아. 난 아직도 눈물을 만들 수 있어. 널 돌볼 수 있단 말이야. 돌아와 줘.

아기 요정 토롱이는 일주일 동안이나 청록색 짙푸른 슬픔만이 가득 찬 아기 요람을 어루만지고 있었어요. 그러더니 갑자기 벌떡 일어나 별을 찾아 나섰어요. 맨 처음 만났던 자리에 가서 소리쳤어요.

아기별아, 돌아와! 나는 또 눈물을 만들 수 있어!

소리쳤지만 허망한 메아리 소리뿐이었어요.

그러던 어느 날 밤이었어요. 그날도 토롱이는 산기슭에 있었는데 커다란 별 하나가 머리 위에서 빛나는 것을 보았어요.

엄마 아빠, 저것 보세요. 큰 별이 나타났어요.

저렇게 큰 별은 처음 본다. 꼭 해님 같구나!

별은 황금빛을 뿌리며 아래로 내려오더니 바로 토롱이의 눈앞에서 빙빙 돌았어요.

엄마, 내 별이에요. 난 알 수 있어요!

눈이 딱 마주치자 별이 더 환하게 빛났어요. 온 산이 대낮

같이 밝아졌지요. 토롱이의 눈에서 새로운 눈물이 펑펑 쏟아졌어요.

별아, 어서 이 눈물을 받아 먹어.

토롱아, 이제 나는 혼자서도 빛날 수 있단다. 앞으로 내가 너를 지켜 줄게. 네가 나를 키워 주었잖니. 이제 내가 어두운 곳의 빛이 되어야 해.

그래요. 이제 토롱이는 밤길을 걸어도 아무 걱정 없게 되었어요.

수풀 속 조그만 여치, 장수풍뎅이, 사슴벌레, 털보바구미, 실베짱이, 꽃등에, 박각시, 수풀알락팔랑나비 들도 이제 캄캄한 밤이 무섭지 않게 되었어요.◈

봄이 주고 간 선물

호박벌도 이제 초등학교 5학년이 되었습니다. 호박벌은 희고 통통한 얼굴에다 어째 좀 어벙하게 생겼다 해서 붙여진 별명입니다. 그래서 그런지 고학년 같지 않고 순진해 보이는 게 꼭 귀여운 막내둥이같이 생겼습니다.

"너는 안 나가니? 오소리는 갈고리하고 축구공 갖고 학교로 가더라."

일요일이라 아침 산책을 다녀온 아빠가 말했습니다. 호박벌은 마당에서 장닭 삐삐한테 물을 먹이고 있었습니다.

"난 안 가요. 삐삐하고 놀아 줘야 해요."

"네가 나가지도 않고 삐삐만 주무르고 있으니까 삐삐가 벙어리가 됐지. 안 그러냐?"

"아, 아빠! 삐삐도 말을 할 수 있다고요. 끄윽끄윽 하는 소리 못 들으셨어요?"

호박벌은 삐삐가 듣고 있는데 '벙어리'라 비난하는 아빠의 두꺼운 입술이 심술궂어 보였습니다.

호박벌이 초등학교 입학할 때 일입니다.

머리에 흰 수건을 쓴 할머니가 학교 앞에서 병아리를 팔고 있었습니다. 호박벌은 병아리를 사고 싶었습니다. 아빠가 안된다고 말렸습니다.

말랑말랑하고 보드랍고 따뜻해 보이는 병아리는 작은 눈,

작은 발가락을 바삐 움직이며 조그맣고 뾰족한 주둥이로 삐약삐약… '나를 데려가 줘! 나를 데려가 줘. 부탁이야.' 그러는 것만 같았습니다.

그것을 한 마리 슬쩍 주머니에 넣고 그냥 달리고 싶은 마음까지 생겨났지만 아빠 때문에 그럴 수 없었습니다.

그런데 작년, 노란 개나리가 피어나던 이른 봄이었습니다. 그 할머니가 또 병아리를 팔고 있었습니다. 초등학교를 졸업하면 병아리 할머니도 못 보겠구나 하는 생각이 들었습니다. 어쩌면 아빠도 눈감아 줄지 몰라 하는 생각에 병아리 세 마리를 사고 말았습니다.

아빠는 화를 내지 않고 조용히 말했습니다.

"기어코 사 왔구나. 사실은 아빠도 초등학교 때 병아리를 몇 번 산 일이 있었단다. 다 죽고 말았어, 정성을 다했지만. 많이 울었지. 그담부터 병아리를 보기도 싫어졌어."

아빠는 할 말이 많아 보였지만 더 말하지 않았습니다.

봄이었지만 아직 추운 날씨, 어른들은 꽃샘추위라고 말했습니다. 호박벌은 병아리들을 방에 두고 함께 지냈습니다. 신문지를 방바닥에 깔고 오줌똥을 받아냈습니다. 손바닥에 올려놓고 볼에 대면 따뜻하고 팔딱팔딱 숨 쉬는 것이 느껴졌습니다. 누워 있으면 병아리들이 얼굴로 올라와 눈, 코, 입을 간지럽히며 놀았습니다. 호박벌은 병아리들에게 흠뻑 빠졌습니다. 마치 걸리버 여행기의 거인이 된 것 같았습니다. 이제 집에서도 심심하지 않았습니다.

나흘째 되는 날 아침, 잠에서 깨어 보니 병아리 두 마리가 호박벌 팔 밑에서 죽어 있었습니다. 손바닥에 놓고 흔들어도 눈꺼풀을 올려 보아도 눈을 뜨지 않았습니다. 엄마가 똥구멍을 불어보라고 했습니다. 호박벌은 작은 똥구멍을 찾아 입술을 바짝 붙이고 있는 힘을 다해 입바람을 불어 넣었습니다. 병아리들은 살아나지 않았습니다.

"나 때문에 죽은 것 같아. 내 팔 밑에 깔려 죽은 것 같아."

호박벌은 울면서 말했습니다.

"너 때문이 아니라 걔들은 오래 못 사는 병아리야. 그래서 못 기르게 한 거다."

아빠가 달래도 울음을 그칠 수가 없었습니다. 병아리들은 겨우 사흘 동안 호박벌과 함께 살았던 것입니다. 호박벌은 병아리들을 마당가 꽃밭에 묻어 주었습니다. 슬픔은 빨리 사라지지 않았습니다. 결국 슬픔을 치료하는 병원에 다니며 마음을 다스려야 했답니다.

하나 남은 병아리는 제일 작고 비쩍 마른 놈이었습니다. 이름을 빼빼라고 지었습니다. 호박벌은 빼빼가 죽을까 봐 정성을 다했습니다. 엄마가 갓난 아기를 안아줄 때처럼 조심했습니다. 아무데나 찍찍 갈기는 똥도 깔끔하게 치우고 방 안을 물바다로 만드는 목욕도 혼자 시켰습니다. 그래서 그런지 빼빼는 죽지 않고 한 살이 되었습니다. 날씨도 따뜻해서 마당에 내놓게 되어 기뻤습니다. 호박벌도 죽은 병아리들을 잊고 건강해졌습니다.

"수탉이 일 년이면 꼬끼오 하고 운다, 울어. 친구가 없으니 우는 것이 뭔지도 모르는 모양이야. 벙어리, 재수 없다. 내다 버려라. 잡아먹든지."

닭이 마루에 똥이라도 싸는 날이면 아빠는 이렇게 구박을 하곤 했습니다. '잡아먹든지'라는 말은 정말 참을 수가 없습니다. '야만인같이!' 호박벌은 속으로 소리쳤습니다.

'자기가 기르는 짐승을 어떻게 잡아먹을 수가 있단 말인가? 이름도 지어준 아이를 어떻게 꿀꺽 삼킬 수 있단 말인가. 동생 같은 아이를 내다 버리라고 하다니.'

뜨거운 덩어리가 목구멍을 꽉 막아 말도 눈물도 나오지 않았습니다. 그때였습니다. 오소리가 갈고리를 안고 집 앞을 지나가며 소리쳤습니다.

"야, 호박벌! 학교로 와라. 한 판 붙자."

"난 좀 바빠. 담에 보자."

호박벌은 부엌으로 달려갔습니다. 답답한 마음을 엄마한테 털어놓고 싶었습니다.

"엄마, 뭐 하세요?"

"응, 아빠가 봄을 타는지 입맛이 없다는구나. 인삼 몇 뿌리 사왔다."

"엄마, 나도 기운이 없어요."

"그래? 내 아들 인삼 먹어야겠네. 잔뿌리는 그냥 먹어도 된다. 꼭꼭 씹어 먹어라."

호박벌은 재빨리 인삼을 받아들고 장독대 뒤로 갔습니다. 돌 위에 놓고 콩콩 찧어 빼빼한테 먹였습니다. 그동안 멸치도 그렇게 먹였답니다. 빼빼는 한 톨도 남기지 않고 잘 먹어서 아주 흐뭇했습니다.

호박벌은 빼빼를 껴안았습니다.

"빼빼야, 아빠가 한 말 신경 쓰지 마. 넌 벙어리가 아니야. 온 동네가 떠나가게 소리칠 날이 올 거야. 난 널 믿고 응원해. 넌 갈고리도 이길 수 있어. 빼빼, 힘내라! 파이팅!"

호박벌은 빼빼의 긴 꼬리를 쓰다듬으며 말했습니다. 초록과 빨강이 섞인 깃털에 금빛 줄무늬가 들어간 빼빼의 꼬리가 너무나 멋집니다. 아빠에게 보여 주고 싶었습니다.

"빼빼야, 연습 시간이야. 시작하자."

장독대 위에서 마당 끝까지 나는 연습은 몇 달 전부터 시켜왔던 것입니다. 빼빼를 장독대에 세우고 있을 때였습니다.

"전화 받아라."

엄마가 호박벌을 불렀습니다. 호박벌이 마루에 가서 전화를 받고 마당으로 내려오자 엄마가 말했습니다.

"오소리가 목소리가 걸걸한 게 어른이 다 됐구나. 요샌 변성기가 빨리 오나 봐."

호박벌은 대꾸하지 않았습니다. 빼빼가 가랑이 사이에서 재롱을 떨었지만 장독대 끝에 앉아 하늘만 쳐다봅니다.

"누군 뭐 이대로 있을까. 아, 아, 아… 악!"

목을 가다듬어 소리를 내보지만 작년과 똑같이 가느다란 목소립니다. 방으로 들어가서 손거울을 들고 나왔습니다. 얼굴 구석구석을 살펴보아도 뾰루지는 없습니다.

"여드름. 까짓거 귀찮기만 하지 뭐. 안 그러니, 빼빼야?"

"끄으윽, 끄으윽."

빼빼가 목을 움직일 때마다 예쁜 깃털이 오소소 일어날 뿐 목에서는 이상한 소리가 납니다. 빼빼가 목을 호박벌 무릎에 비벼댑니다.

"미안할 거 없어. 내 편 들어주려고 그러는 네 맘을 내가 다 안다. 천천히 하자. 너, 빼빼라는 딱지 떼게 살이나 쪄라. 너도 꼬끼오 울 날이 올 거고 나도 걸걸하게 바리톤 목소리 내는 날이 꼭 올 거야, 그치? 도전하는 자에게 꿈은 이루어진다. 알았지?"

호박벌은 다시 거울을 들고 턱을 문질러 봅니다. 매끈매끈

합니다. 귀 뒤까지 살펴보아도 여드름 같은 것은 보이지 않습니다. 소매를 쓱 올리고 팔을 들어 힘을 주어 봅니다. 근육이 꿈틀하더니 알통 같은 것이 올라왔습니다.

"어때? 쓸 만하지? 어흠, 어흠. 아아아."

목젖을 누르고 발성연습을 하는데 하필 옆집 초랭이가 왔습니다. 이름이 초롱인데 할머니가 초랭이라고 부르니 그렇게 부른답니다.

"맛있겠다, 햇쑥 범벅. 또 할머니가 캐 오셨구나. 고맙다고 전해 드려."

초랭이 할머니는 봄마다 쑥 범벅을 동네에 돌립니다. 초롱이가 가고 나자 엄마가 말했습니다.

"가슴이 봉긋한 게 벌써 처녀티가 나는구나. 요새는 애들이 어찌나 빨리 크는지."

딸이 없는 엄마는 호박벌하고 소꿉친구 할 때부터 초롱이를 부러워했습니다.

"엄마, 여기 좀 봐요. 나도 이따만하게 올라왔어요."

호박벌은 이때다 하고 팔을 높이 들어 알통을 보여 주었습니다.

"호호호 내 아들, 많이 컸네."

엄마의 웃음소리가 좋았습니다.

저녁식사 시간입니다.

"내 아들 먹여야지. 많이 먹고 쑥쑥 자라거라."

아빠는 인삼을 통째로 호박벌 국그릇에 옮겨 담으며 말했
습니다. 야만인이라고 미워했던 호박벌의 마음이 사르르 녹

아내렸습니다.

학교에서 돌아온 호박벌은 요즘 새로운 일이 생겼습니다. 삐삐를 장독대 뒤로 데리고 가서 다리를 꼭 붙잡고 멸치를 먹이고 물을 줍니다.

"걱정 말고 다 먹어. 엄청 좋은 거래. 다 먹고 힘내자. 아자! 아자!"

인삼도 콩콩 찧어서 아낌없이 먹입니다. 엄마가 아들한테 준 보약입니다.

며칠이 지나갔습니다. 밤새껏 비가 내리더니 아침에 나가 보니 꽃밭이 온통 카펫을 깔아놓은 것 같습니다. 꽃잎이 떨어져 내려 온통 땅을 다 덮었습니다. 바람이 살짝 나뭇가지를 흔들며 지나갑니다. 복사꽃 살구꽃이 눈보라처럼 흩날립니다. 봄이 지나가고 있는 것이 눈에 보입니다.

아침밥을 먹던 호박벌이 자꾸 물을 마십니다. 엄마가 걱정스레 바라봅니다.

"목이 이상해요. 아픈 것 같기도 하고. 음 음 음, 아아악….."

"봄 감기 아냐? 약이라도 달여 먹여야 할까?"

"음…, 이상해요. 목이 쉰 것 같기도 하고 내 목소리 같지 않네. 아, 아."

"어 그래? 우리 아들 변성기 아냐?"

아빠가 수저를 탁, 놓으며 호박벌을 껴안았습니다.

"요놈, 변성기가 왔구나! 나도 그랬단다. 목이 아픈 것 같고 이상했어. 아들, 크느라 애쓴다. 여보! 애 좀 잘 먹여야겠어. 쑥쑥 커야지."

아빠가 호박벌을 안아 올리려고 했습니다.

"아빠, 나도 이제 다 컸어요."

호박벌은 아빠 품에서 빠져 나오며 말했습니다. 이때였습니다.

꼬끼요! 꼬끼요!

여리고 고운 빼빼의 첫울음소리가 아침 공기를 가르고 온 동네에 퍼져 나갔습니다.[⟡]

노마와 아기 송어 피리

해가 지고 있습니다. 낚시하러 간 아빠는 아직 오지 않아요. 노마는 아빠가 잡아올 물고기가 더 보고 싶답니다. 해가 지고 벌써 별이 돋아났어요. 노마는 현관 앞에 앉아 초록별을 바라봅니다. 그 별은 물고기 모양을 닮아 물고기별이랍니다. 노마는 물고기를 좋아해요. 초록별도 노마를 보고 있어요.

물고기별과 노마는 친구 사이입니다.

"뭘 걱정하니? 내가 도와줄게."

친구별의 속삭임은 노래 소리 같아 잠이 옵니다. 방으로 들어온 노마는 잠깐 자고 일어나 다시 아빠를 기다리려고 침대에 누웠어요.

물고기 세 마리가 헤엄을 치고 있었어요. 어? 웬 물고기야? 놀랍고 반가웠어요. 어떤 물고기는 방안을 빙빙 돌며 새처럼 날기도 해요. 노마는 초록물고기 등에 얼른 올라탔어요. 창문을 열고 하늘로 훨훨 날아갑니다. 친구별을 만나고 싶기 때문이지요. 별에 닿으면 별나라 왕자가 되어야지! 한껏 가슴을 폈습니다. 이때 기우뚱하며 몸이 바닥으로 떨어지고 말았어요. 재빨리 물고기 몸통을 껴안았지요. 미끄덩! 물고기가 도망가는 바람에 겨우 꼬리를 붙잡았어요.

안 돼, 가지 마!

난 돌아가야 해!

초록물고기가 돌아보며 말했어요.

안 돼! 안 돼!

있는 힘을 다해 꼬리를 붙잡고 소리치다가 눈을 떴어요.

"노마야! 어서 일어나. 빨리 가자! 네 생일날이니 약속한 대로 낚시 가자."

아빠의 목소리에 노마는 꿈에서 깨어났지만 초록물고기를 놓친 일을 믿을 수가 없어요. 손바닥을 펴 봅니다. 아직도 축축하고 미끄러운 물고기의 촉감이 남아 있어요. 물고기를 안았던 가슴을 자기의 두 팔로 껴안아 봅니다. 따뜻하고 말랑말랑하고 부드러운 느낌, 뻐끔거리던 소리까지 생생합니다. 빨리 세수하고 옷 갈아입어라. 아빠의 재촉에 침대 밑을 얼른 살펴보았어요. 물고기는 어디로 갔을까요? 아무 것도 없었어요.

야호! 드디어 노마의 생일입니다.

노마도 이제 다섯 살, 약속대로 아빠가 낚시에 데려간대요. 이날을 날마다 기다렸지요.

"노마! 준비됐지? 가자."

캠핑 모자를 눌러 쓴 엄마의 기쁜 목소리입니다. 가족사진을 SNS에 올리는 것이 엄마의 취미예요. 엄마는 오늘도 사진 찍기에 바쁘겠지요. 제제가 토끼처럼 깡총하고 차에 올라탔어요.

"핫도그! 내 자리도 내줘야지."

제제는 소시지같이 긴 몸에 다리가 짧아 별명이 핫도그랍니다.

"Oh, my son! You are big boy now."

아빠가 노마를 번쩍 안아 차에 싣습니다.

노마네 가족을 태운 빨간 밴은 일곱 시간을 달려 호수에 도착했습니다. 이 호수는 길쭉한 동그라미 모양이 아보카도를 닮아 이름도 아보카도입니다. 일찍 온 사람들은 전자보트 위에 꼿꼿이 서서 물 위를 슝슝 날아다녀요. 제제가 코를 벌름벌름, 두 귀를 나풀나풀 호수로 뛰어내릴 듯이 벌떡벌떡 뜁니다. 노마의 웃음소리도 하늘까지 날아갑니다. 엄마는 그것까지 사진을 찍어대는 듯합니다.

일찍 온 낚시꾼들이 바삐 움직이는 틈에 아빠도 늘 앉는 자리에 자리를 잡았습니다. 아빠는 서둘러 낚싯바늘에 미꾸라지를 꿰니다. 작은 미꾸라지가 꿈틀꿈틀합니다.

"새우나 꼴뚜기를 쓰는데 오늘은 특별히 미꾸라지를 쓰는 거야. 큰 놈 한 마리 잡아야지. 내 아들 생일이잖아. 요 녀석이 꿈틀꿈틀하면 농어가 덜컥 물거든. 하하하."

아빠 얼굴이 사과같이 빨개졌어요. 기분이 아주 좋다는 뜻이지요. 큰 물고기를 잡으면 생일선물로 갖겠지요. 노마는 기분이 짱이라 팔을 벌리고 바람개비처럼 빙글빙글 돕니다.

164

레이디 샬랄라 집에서도 막 생일잔치가 끝났어요.

"엄마, 한 살 되었으니 호숫가로 나가도 되죠?"

오늘은 아기 송어 피리의 생일입니다. 입술을 동그랗게 모아 길게 빼고는 피리를 잘 불어서 피리라는 예쁜 이름을 가진 귀염둥이예요. 엄마가 밖으로 놀러가게 해준다고 한 바로 그날입니다. 샬랄라 여사는 뾰족한 입으로 물방울만 뻐끔뻐끔 토해내며 말이 없어요. 답답해진 피리가 온몸을 흔들며 조릅니다.

"엄마, 약속을 지켜야죠. 오늘 한 살이 됐잖아요."

"아직 위험해. 물고기를 잡아가는 걸 즐기는 사람이 너무 많아."

"사람은 안 보고 놀기만 할게요."

"좋아, 그럼 약속해!"

"좋아요, 뭐든 약속할 수 있어!"

피리는 샬랄라 여사가 하는 말을 따라 큰소리로 외칩니다.

"사람하고 눈을 마주치지 않겠다! 강아지가 꼬리를 쳐도 가까이 가지 않겠다! 꿈틀거리는 것은 절대 물지 않겠다!"

피리는 노마네 가족이 있는 물가로 살랑살랑 조심조심 헤엄쳐 왔어요.

맨 처음 제제가 아기 송어 피리를 보았어요. 제제는 기뻐

날뛰며 아빠 바지를 잡아당겼어요.

"아저씨! 아저씨! 여기 꼬마물고기가 있어요. 빨리 잡아서 나 주세요."

아빠도 보았지만 못 본 척해요. 아빠는 어린 물고기는 잡지 않는답니다. 하지만 노마가 제제가 짖는 소리를 듣고 재빨리 달려왔습니다.

"아, 초록물고기!"

노마는 아기 송어를 보고 깜짝 놀랐어요. 꿈에서 같이 놀던 그 물고기였어요. 등에 작은 점이 점점이 박혀 있는. 놓쳐버린 아쉬움이 아직도 가슴에 남아 있는데 다시 만나다니요!

피리의 눈과 노마의 눈이 딱 마주쳤어요.

"아빠, 내 거야. 내 물고기가 저기 있어! 쟨 내 친구야!"

피리가 노마의 간절한 눈빛을 보고 마음이 일렁였어요.

"눈을 보면 안 돼."

피리가 재빨리 고개를 돌리는 순간이었어요. 노마 아빠의 낚싯대가 바람에 휘청하면서 피리 쪽으로 기울었어요. 피리는 눈앞에서 꿈틀거리는 낚싯바늘의 미꾸라지를 자기도 모르게 덥석 물고 말았어요.

"엄마, 살려줘!"

피리의 몸이 공중으로 붕 떠올랐다가 노마 아빠 손바닥에 놓였어요. 피리의 입에서 피가 뚝뚝 떨어지고 있어요.

"음, 처음 보는 녀석이네."

아빠는 피리의 입에 박힌 낚싯바늘을 조심스럽게 뽑아주며 신기해합니다. 눈은 핑크색이고, 아랫입술이 누굴 놀릴 때처럼 앞으로 삐쭉 삐져나왔어요. 제제가 자기 거라고 꼬리를 칩니다.

"핫도그, 넌 저리 가! 생각도 하지 마. 네 거니까."

노마는 아빠에게 손을 내밀어 피리를 받으려 해요. 물고기의 등이 햇빛에 반짝 빛납니다.

"아니야. 집에 돌려보내야 해."

"아빠, 조금만 놀게."

아빠가 피리를 양동이에 넣었습니다. 노마는 피리를 두 손으로 꺼내 들었어요.

"아, 초록물고기! 너무 멋있어!'

피리는 눈물을 떨어뜨렸어요.

"흑흑, 제발 날 돌려 보내줘. 엄마가 기다리고 계셔."

노마는 그 말을 듣는 둥 마는 둥 하며 피리를 들고 노래를 불렀어요. 제제가 멍멍 짖어댔어요. 주변에서 놀고 있던 아이들이 우르르 몰려와 물고기를 만지려고 합니다.

"내 거야. 아빠한테 생일선물 받은 거라구. 만지지 마."

노마는 피리의 입에 뽀뽀를 합니다. 머리 위로 올리고 뱅글뱅글 돌리기도 하고 팔뚝 위에 놓고 그네도 태웁니다.

해가 산을 넘어가고 있어요. 저녁노을은 화가가 그림을 그리는 것만 같지요. 처음에는 파피꽃처럼 오렌지색이다가 핑크색이다가 복숭아색이 되고 옅은 포도색이 될 때 슬쩍 노랑 물감이 번지며 점점 잿빛으로 희미해집니다.

"자, 봐라. 큰 놈이다. 한 마리. 두 마리. 세 마리."

아빠가 양동이에 든 물고기를 헤아립니다. 모두 팔뚝만 하네요. 그걸 차례로 호수에 놓아줍니다.

"가자. 이제 그만 그 아기 물고기도 놓아 주렴."

"안 돼요. 이건 제 생일선물이잖아요. 이 아이는 제 친구가 됐어요."

노마는 피리에게 입을 맞추었어요. 그 소리가 끝나기 무섭게 아빠가 소리쳤어요.

"당장 호수에 넣어! 그 앤 이제 죽을 거야. 알아듣겠니? 벌써 죽었을 거다."

노마는 아기 송어가 죽는단 말에 몸에 전기가 오는 듯 부르르 떨며 부르짖었어요.

"오, 노! 오, 노!"

노마는 피리의 눈을 재빨리 바라봤습니다. 피리는 노마의 눈을 피하고 있습니다. 예쁜 눈입니다. 꿈에서 보았던 눈이지요. 파란 콩을 콕 박아 놓은 것 같던 그 예쁜 눈.

"이제 돌아갈 시간이야. 빨리 차에 타라."

"이 아이도 데리고 갈 거야!"

"이제 버려라, 냄새 난다."

"아니야, 데리고 가서 장난감 바구니에 넣어 줄 거야."

아빠는 조금 위쪽 자동차 옆에 서 있고 노마는 낮은 물가에 서 있어요. 밑에서 올려다본 아빠의 다리는 바오밥나무처럼 튼튼해 보입니다. 노마는 자기가 너무 작아 답답하기만 합니다.

"안 돼, 죽었어. 어서 버리고 가자!"

"안 죽었어. 안 버려. 내 꺼야. 내 친구야! 내 친구는 내가 데리고 가는 거야."

눈물을 흘리지 않으려고 해도 자꾸만 눈물이 흘러내립니다. 자기 때문에 죽을지도 모른다는 생각에 갑자기 오줌이 찔끔 나오고 다리가 푹, 꺾였어요. 노마는 하늘을 쳐다보며 중얼거리기 시작했어요. 하늘에서 노마의 친구별도 가슴을 조이며 노마를 바라보고 있습니다.

"난 죽이지 않았어요. 아니요. 어쩌면 나 때문에. 아, 잘못했어요. 안 죽었다고 말해 주세요. 하나님은 뭐든지 할 수 있으니 제발 내 친구를 살려 주세요."

노마의 간절한 소리에 하늘의 초록별도 대답해 줍니다.

"알아. 넌 그 친구를 죽이지 않았어. 그렇지만 그렇게 고집을 피우면 네 친군 죽게 될 거야."

초록별이 말하는 소리는 노마도 아빠도 듣지 못해요. 아빠
는 또 재촉합니다.

"살아있는 것은 언젠가는 모두 죽는단다. 빨리 버려. 가자.
벌써 밤이다. "

"안 죽었어. 내 친구는 안 죽어. 데리고 가!"

"제발 정신 좀 차려, 아가!"

"싫어, 싫어, 아빠! 미워! 안 죽었어!"

파랗게 질려 있던 노마 얼굴이 다시 새빨갛게 부풀어 오릅
니다. 고개를 흔들어도 자기 때문에 죽었을지도 모른다는 생
각은 더 바짝 머리를 조입니다. 하늘에서 초록별도 가슴을
졸이며 말해요. '친구야, 걱정 마. 내가 도울 수 있을 거야.'
소나무도 이파리를 세우고 우우우 웁니다. 물푸레나무들도
가느다란 몸을 서로 붙잡고 흐느낍니다.

피리 엄마가 숲이 우는 소리를 듣고 물가로 나와서 그 모
습을 보았어요.

"아! 내 아기, 가엾은 아가! 아, 우리 아기를 살려 주세요!"

엄마는 눈썹 같은 초승달을 바라보며 피리를 살려 달라고
부탁합니다.

달님이 눈을 크게 뜨고 아래를 내려다봅니다. 노마의 손에
아기 송어의 몸뚱이가 반으로 접혀 덜렁거리는 것을 보고 쯧

쯧쯧 혀를 찹니다. 초록별이 하늘에서 소리칩니다.

"내 친구 노마예요. 좀 도와주세요. 달님, 별님, 물고기를 살려야 해요. 힘을 합해 주세요."

그 소리는 노마에게 들리지 않습니다.

"아들아! 미안하지만 그 물고기는 죽은 지 오래 됐어. 빨리 버려! 우린 떠날 거야."

"아빠! 내 소원 좀 들어줘요. 내 친구 안 죽었어요. 데리고 가요. 부탁해요. 아빠!"

손이 부들부들 떨립니다. 손의 떨림이 물고기를 살릴 수 있다면 얼마나 좋을까요. 노마는 드디어 하늘을 쳐다보며 도와 달라고 중얼거립니다.

"나는 한 번도 하나님의 얼굴을 본 일이 없어요. 그렇지만 나는 알아요. 하나님은 죽은 물고기도 살릴 수 있지요? 하나님이니까요. 보고만 있지 말고 제발 내 친구 좀 살려 주세요."

노마 엄마는 하루종일 호수 풍경을 촬영합니다. 노마가 피리를 들고 간절히 기도하는 모습도 SNS로 게시하고 있었지요.

엄마가 갑자기 소리쳤어요.

"여보! 여보! 이것 봐요. 100만 명이 보고 있어요."

아빠도 깜짝 놀라 엄마의 SNS를 살펴봅니다. 엄마의 동영상 '아기 송어 피리의 이야기'가 지구의 모든 나라에 퍼져 나가고 있어요. 조그만 전화기가 불이 난 것처럼 클릭, 클릭… 100만 명이 같은 시간에 댓글을 올리고 있답니다. 알바니아, 세네갈, 아르헨티나, 볼리비아, 크로아티아, 덴마크…. 여러 나라 사람들이 자기나라 말로 노마와 피리를 응원하고 있어요.

- 노마! 힘내라. 송어는 살아난다. 물 좀 먹여라!

- 안 죽었어. 포기하지 마. 피리는 살아야 해. 엄마가 기다린다.

- 내가 지금 아보카도 호수로 간다. 기다려. 같이 있자.

어린이들의 목소리가 더 많이 올라오고 있어요. 제제가 노마의 발등에 자기의 얼굴을 포개어 발을 따뜻하게 데워 줍니다. 꼬리가 끊어질 듯 흔들어요. 사랑한다고 힘을 내라고 응원하는 것이지요. 노마 편은 제제뿐인 줄 알았지요. 그런데 이렇게 많은 사람들이 응원을 해 주다니!

노마는 새 힘이 솟아 물가에서 한 발 앞으로 척, 올라섰습니다.

"너는 죽지 않았어. 잠깐 잠들었을 뿐이야. 눈 떠. 빨리!"

노마는 아기 송어를 하늘 가까이 번쩍 들어 올려 주었어요. 이때 물방울 하나가 아기 송어의 입속으로 똑 떨어졌어요. 초록물고기별의 눈물입니다. 부탁을 받은 다른 별들도 너

도나도 눈물방울을 떨어뜨려 주었어요. 별의 눈물은 가슴을 찢어 만든 것이랍니다. 아픔으로 만든 눈물을 받아먹은 아기 송어 피리가 드디어 눈을 번쩍 떴어요. 마치 잠에서 깨어난 것처럼.

노마와 피리, 둘은 눈이 딱 마주쳤어요. 작고 예쁜 눈이 반짝 빛났어요.

아! 노마는 기쁨에 넘쳐 숨이 멈추는 것 같았어요. 겨우 숨을 고른 다음 당당하게 외쳤어요.

"아빠! 아빠! 이것 봐. 안 죽었어. 눈 떴어! 눈 떴어!"

"노마, 축하한다! 피리, 사랑해요. 피리를 불면서 빨리 엄마한테 가세요."

초록별과 그의 친구들이 합창을 하고 있는 걸 노마는 모르고 있겠지요.

노마는 아기 송어와 다시 눈을 맞추었어요. 이제 피리를 호수 위에 놓아 줍니다.

피리가 노마를 한참 쳐다보다가 양쪽 날개 같은 지느러미를 흔들고는 기다리는 엄마 쪽을 향해 힘차게 헤엄쳐 갑니다. 헤어지는 일은 정말 슬퍼요. 노마는 고개를 푹 숙였어요.

노마는 아기 송어 피리가 물속으로 나아가면서 다치지나 않을까 염려스러웠어요.

"앗! 노마, 조심해! 넘어진다."

노마는 그만 물속으로 풍덩 빠지고 말았어요.

"어푸어푸! 아빠 살려주세요. 아빠! 아! 아빠 꺼내 주세요. 어푸어푸!"

노마는 허우적거리며 아빠를 불렀어요. 물이 가슴까지 차올랐어요. 이러다 죽는구나, 하고 생각했어요. 그때야 아빠가 노마를 건져 올렸어요.

"아빠! 죽는 줄 알았어요. 왜 빨리 꺼내 주지 않고. 왜요? 왜? 아빠 나빠!"

노마는 새파랗게 질린 얼굴로 따졌어요.

"노마야! 넌 물에서 살 수 있을 줄 알았다."

"사람인데 어떻게 물에서 살아요. 사람은 땅에서 살지요."

"그럼 물고기가 어떻게 물을 떠나서 살 수 있을까?"

"아, 알았어요. 제가 잘못했어요."

노마는 자기 때문에 죽을 뻔한 아기 송어가 생각났습니다.

"그래, 너는 친구를 살리려고 애썼다. 장하다, 내 아들!"

아빠가 목마를 태웁니다. 아이는 하늘을 바라봅니다. 별들 속에 천사가 있는지 보고 싶어요. 별들이 점점 커집니다. 눈물을 보내 준 별들입니다. 유난히 빛나는 초록별 하나, 맞아요. 물고기별입니다. 노마는 금방 자기의 별을 알아보고 눈을 찡긋, 윙크를 보냈어요.

"친구야, 내가 도와줄게."

속삭이는 소리가 들렸습니다.

"나도 도울 거 있으면 널 도와 줄 거야"

노마도 대답했지요. 별빛이 호수에 가득 찼습니다. 호수 안에 있는 물고기들이 물밖에 얼굴을 내밀고 노래합니다. 세계 곳곳에서 친구들이 브라보를 외칩니다.

"나도 너처럼 그랬을 거야. 버리고 갈 순 없지. 친구니까."

아빠의 얼굴이 이상해요. 입은 웃고 있는데 눈에서 물기가 반짝거려요.

"아빠, 왜 울어?"

"울긴. 웃고 있다. 아들아, 죽은 물고기가 살아난 것은 기적이란다."

엄마가 카메라를 얼굴에 맞추고 인사말을 부탁하자 노마가 부끄러워하며 인사합니다.

"고맙습니다, 여러분! 제가 욕심을 너무 많이 부렸죠? 헤헤헤, 미안합니다."

집으로 돌아가던 피리도 엄마와 함께 헤엄치며 노마에게 꼬리를 흔들고 서 있네요. 꼭 다시 만나자는 약속이겠지요.

호수에 물안개가 부드럽게 피어오릅니다. 노마가 탄 차가 달려가는 동안 초록별과 친구 별들이 어두운 길을 밝혀 줍니다.❋

– 2021년 제113회 『아동문학평론』 신인문학상 동화 당선작

아빠 내 이름 아시죠

슬기아빠가 세상을 떠났다. 슬기의 초등학교 입학식을 일
주일 남겨놓고 눈을 감은 것이다. 상여꾼들이 오자 좁은 마
당이 가득 찼다. 대부분 우체국에서 일하는 사람들이었다.

슬기아빠는 아프기 전까지 집배원 일을 했다. 사람들은 그
를 우체부 송씨라고 불렀다. 아저씨들은 상여를 둘러메고 마
당가 꽃길로 걸어갔다. 양쪽에 다섯 명씩 열 명이었다.

이제 가면 언제 오나 오실 날이나 일러주소.
너허 너허 너화너 너이 가지 넘자 너화너.
북망산천이 머다더니 내 집 앞이 북망일세.
에헤 에헤 에에 너화 넘자 너화너.

길을 나설 때 우렁차던 상여소리는 얼마 가지 못해 잦아들
고 말았다. 길이 너무 좁았던 것이다. 애초에 자전거 한 대 지
나갈 수 있게 만든 길이었다. 길 양쪽에 이른 봄을 알리는 꽃

들이 피어 있었다. 처녀미타, 노루귀, 바람꽃, 복수초, 개나리, 제비꽃, 민들레, 목련, 은단초, 족도리풀, 바람꽃 이런 꽃들이 상여꾼들의 발바닥에 짓이겨지고 있었다. 아저씨들은 마음이 불편해서 더 걸어갈 수가 없었다.

"이런, 이런, 상여가 꿈쩍도 않네."

"슬기아빠가 꽃을 죽이고 싶지 않다는 거지. 돌아가세."

"그 맘 알지. 돌멩이 하나 풀 한 포기도 다 자기 손으로 매만졌으니."

상여꾼들은 길을 돌아 걸었다. 암탉이 병아리들을 데리고 노는 슬기네 마당을 지나 뒷동산에 올랐다. 거기에는 먼저 올라온 청년들이 이미 무덤 자리를 파놓고 기다리고 있었다. 상여에서 관을 내리고 깊게 파놓은 구덩이에 옮겼다. 모두들 흙을 한 삽씩 퍼서 관 위에 뿌렸다. 슬기엄마가 새하얀 구절초 한 다발을 관 위에 던졌다.

"여보, 잘 가요. 고맙고 미안해요. 우리 또 만나요."

우물우물 혼자 말했다. 먼 하늘을 뚫어져라 쳐다보고 있던 슬기가 주머니에서 종이 한 장을 꺼내 읽었다.

"아빠, 내 이름 아시죠? 아빠가 지어준 이름 송슬기. 주소도 알지요? 하늘나라가 아무리 멀어도 편지 보내 주세요. 기다릴게요, 아빠!"

슬기는 그것을 잘 접어 관 위에 던졌다. 아무도 말을 하는 사람이 없었다. 입을 꾹 다물고 눈물만 뚝뚝 흘렸다. 어디선가 꿩꿩! 산꿩이 울었다. 슬기는 아빠의 대답이라 생각했다. 상여꾼들이 다 돌아가도 슬기엄마와 슬기는 무덤가에 앉아 일어날 줄을 몰랐다. 아빠를 혼자 두고 둘이서 가는 것은 생각조차 할 수 없는 일이었다.

"엄마! 저것 봐, 자전거야! 아빠가 오나? 아빠가 내 편지 보고 오고 있어."

슬기가 벌떡 일어섰다. 가리키는 곳은 '자전거 꽃길', 슬기 아빠가 6년 동안 만든 길이었다. 슬기엄마도 일어서서 달려오는 자전거들을 보았다. 하나 둘 셋… 끝없이 이어지는 자전거 행렬. 처음 자전거길이 열리고 있다. 자전거를 탄 사람들은 슬기가 가게 될 초등학교의 선생님들이었다. 그들은 슬기아빠의 얘기를 다 알고 있었다. 슬기를 자전거에 태우고 입학식 날 학교에 올 슬기아빠를 기다리고 있었다. 쌩쌩 달려오는 자전거들을 바라보는 슬기엄마의 머릿속에 지나간 일들이 영화처럼 펼쳐졌다.

슬기아빠는 송진포라는 조그만 포구에서 고등학교를 졸업했다. 1970년이었다. 가난해서 대학은 갈 수 없었다. 선천성 소아마비로 오른쪽 다리를 절었다. 늘 따돌림을 당하던 그는 자기편이 필요했다. 일찍 결혼하고 싶었는데, 결혼을 하자면 직업이 있어야 했다. 그는 열심히 공부해서 집배원이 되었다. 깊은 시골이라 우편배달 일은 무척 힘이 들었다. 자전거가 들어가지도 못하는 산골도 여러 곳이었다. 비가 오나 눈이 오나 무거운 가방을 메고 동네방네 찾아다녔다. 그러다가 봉순 처녀를 만났다. 말을 더듬었다. 부모가 없어 고모 집에서 집안 일을 하며 살고 있었다.

"편지요, 편지 왔어요. 아무도 안 계세요?"

우체부가 불러도 빼꼼 얼굴만 내비쳤다. 말없이 편지만 날름 채가지고 대문 안으로 사라졌다. 총각은 긴 편지를 썼다. '언제까지 남의집살이만 할 것인가. 나랑 결혼해서 자식 낳고 알콩달콩 살아보자. 나는 번듯한 직장이 있으니 월급 꼬박꼬박 모아 집도 살 수 있다.' 이런 내용이었다. 총각은 인물도 훤했다. 편지 내용은 틀린 말이 아니었다. 미적거리고 있다가는 어떤 처녀한테 뺏길지도 모른다. 말은 더듬어도 용기가 있는 봉순은 당당히 그 집을 나왔다. 두 사람은 마을 끝 오두막집에 셋방을 얻었다. 자장면 한 그릇 사 먹는 법이 없었다. 월급날 밤이면 마주앉아 돈을 세어보는 것이 큰 기쁨이었다.

"방세, 전기세, 수도세, 쌀, 반찬값 제하고 나니 남는 게 없네."

"우리도 언제 방세 걱정 없이 살까?"

한숨 쉬는 봉순이 안쓰러웠다.

"여보, 걱정 마. 꿈은 반드시 이루어진다. 희망을 버리지 말자."

남편의 말은 변함이 없었다. 반드시 집을 갖게 된다고 했다. 그 꿈은 봉순도 마찬가지였다. 자기 집 마당에 암탉을 기르는 것이 그의 소원이었다. 암탉이 알을 낳고 알이 병아리를 까고 병아리가 암탉이 되고….

결혼만 하면 곧 귀여운 아기가 태어날 줄 알았다. 그런데 아무리 기다려도 식구는 늘지 않았다. 1년, 2년, 3년. 어느덧 10년이 지나가도 봉순의 배는 불러오지 않았다.

"오히려 잘 됐어. 집을 사고 난 뒤에야 아기가 태어나려고 기다리는 모양이야."

남편의 위로에도 봉순은 점점 말을 잃었다. 웃지도 않았다. 남편의 나이도 어느새 마흔 살이 가까웠다. 밤마다 끙끙 앓았다. 가끔 출근하지 못하는 날도 있었다. 봉순은 남의 집 빨래를 시작했다. 어느 날 빨래터에서 돌아오니 남편이 방에 쓰러져 있었다. 병원에 데리고 갔다.

"이런! 아픈 다리가 속에서 곪았어요. 병균이 장을 침범했어요."

의사는 수술해야 한다고 했다. 입원해서 소장을 조금 잘라냈다.

"일을 줄이고 절대 안정을 취해야 삽니다. 무리하면 재발합니다."

형편이 어려워 의사의 말을 따를 수가 없었다. 우체부 송씨는 여전히 쉬지 않고 우편배달 일을 하고 있었다. 그의 머릿속에는 오직 내 집 한 칸 마련하는 생각뿐이었다. 아기가 태

어나기 전에. 그러나 그런 일은 없을 것 같았다. 몇 푼의 저축
도 병원비로 몽땅 써 버렸기 때문이었다.

어느 날이었다. 그날따라 다리가 많이 아팠다. 하필 송진포
에서 멀리 떨어진 산골짝 오두막집에 소포를 배달해야 했다.
내일 갈까 여러 번 망설였다. 어쩌면 급한 약일지도 몰라. 그
는 바위에 걸터앉아 하늘을 바라보았다. 가다가 산 속에 쓰
러지면 아무도 모를 것이다. 혼자 죽을지도 모르는 일이었다.
산 속에 혼자 사는 할머니도 그렇다. 우체부 송씨는 다리를
절며절며 돌부리에 넘어지며 산길을 걸어갔다. 까치 한 마리
가 어깨 위에 앉았다가 나무 위로 포르르 날아가다 기다리다
또 날아갔다.

"나를 끌고 가는군. 참 기특하기도 하지. 고마운 까치."

까치를 쳐다보며 걷다 보니 어느새 할머니 집 마당에 들어
왔다.

"아이고 잘 왔어요. 온종일 기다리고 있었다오. 글쎄 내가
갑자기 서울 아들 집으로 이사 가게 되었어요. 꼭 송씨에게
이 집을 주고 싶소. 어때요? 좋아요?"

"아드님에게 주지, 왜 하필 저에게? 안 됩니다. 귀한 집을
제가 어찌."

"당연히 자격이 있지요. 내가 아플 때 약 사다 주었고 내
자식들 편지 배달해 주었지. 담이 무너졌을 때, 지붕에 비가

샐 때 고쳐준 사람이 바로 당신이었소. 이웃사촌이었지. 집을 자기 집처럼 돌보아 왔으니 사양하지 말고 받아요.”

“할머니 고맙습니다. 아기가 곧 태어날 텐데 집이 없어 걱정하고 있던 참이었어요. 정말 감사합니다. 잘 가꾸며 살겠습니다.”

열흘이 지나자 우체부 송씨네는 산속 오두막집으로 이사를 했다. 우체국도 그만 두었다. 집에서 직장까지는 4킬로미터, 십리길인데다 자전거길이 아닌 돌자갈 오솔길이었다. 다리가 성치 않은 송씨로서는 일을 그만둘 수밖에 없었다.

“여보, 아무 걱정 말아요. 방세, 전기세, 수도세 안 내도 되니 살 수 있어요.”

아내의 말이 큰 위로가 되었다. 새 집에서 아기가 태어났다. 아들이었다. 지혜롭게 살라고 이름을 슬기라 지어 주었다. 천지에 봄이 시작되던 때였다.

“자전거 꽃길을 만들겠다구요? 자전거 타는 길에 꽃이 피는 길 말이죠?”

“응, 바로 그대로야. 슬기 학교 가는 길. 내가 만들 거야,”

“당신이? 몸이 아파 직장도 그만 두었는데 하지 마세요. 슬기는 아기예요.”

“그러니까 지금부터 시작하겠다는 거야. 천천히 천릿길도 한 걸음부터.”

"알았어요. 하지만 푹 쉬었다 건강해지면 시작해요. 부탁해요, 여보."

그날 밤은 잠이 오지 않았다. 아들을 싣고 달리는 자전거가 눈에 보였다. 아들의 노랫소리, 아들의 웃음소리도 들렸다. 새로운 꿈에 가슴이 한껏 부풀었다.

다음 날, 아침이 밝기도 전에 슬기아빠는 마당가로 나갔다. 쇠뿔도 단숨에 빼랬다고 그는 오솔길로 들어서자 돌멩이를 집어 길가에 세웠다. 길 만들기 시작이었다. 겨우 한 사람이 걸어갈 수 있는 길바닥엔 돌이 많기도 했다. 이를 뽑듯이 이리저리 흔들어 뽑고 호미로 파기도 했다. 나무를 베어내고 풀도 뽑으며 한 발 한 발 앞으로 걸어 나갔다. 호미, 삽, 곡괭이, 낫 그리고 톱도 삼태기도 필요했다. 슬기엄마가 아침밥을 먹으라고 데리러 왔다. 벌써 해가 높이 떠 있었다.

"생각보다 훨씬 힘드네. 돌이 워낙 많아."

"혼자서는 어림도 없을 것 같아요. 여보, 그만 두세요."

"사나이가 뜻을 세웠으면 끝장을 봐야지. 걱정 마. 6년이나 남았어."

큰소리는 쳤지만 결코 쉬운 일이 아니었던지 밥을 먹자마자 잠들어 버렸다. 그는 시끄럽게 우는 까치소리에 잠을 깼는데 눈을 떠보니 까치는 보이지 않았다. 그는 곧바로 일하러 갔다. 돌을 캐서 길가에 세우고 흙을 골고루 펴서 꼭꼭 밟아 길

을 넓혔다. 깍깍 까치가 울었다. 고개를 들었다. 까치 한 마리
가 머리 위에서 뱅그르르 돌며 울고 있었다. 배가 하얗다. 부
챗살처럼 퍼진 날개 끝도 하얗다.

"꿈에서 본 것 같은데? 우는 소리도 들었고."

그런 일은 처음이었다. 이상하다 생각했지만 금방 잊었다.
까치도 어디론가 날아갔다. 저녁에 아내에게 까치 얘기를 들
려주었다.

"까치는 기쁜 소식을 전해 주는 새래요. 당신 힘내라고 찾
아왔나 봐요."

다음 날도 슬기아빠는 길을 만드느라 바빴다. 길가에 돌을
세우니 참 보기 좋았다. 슬기엄마는 아기를 업고 말했다.

"여보, 자전거 꽃길이니 꽃도 심어야겠지요. 꽃은 나한테
맡겨요."

아내는 뒷산에 올랐다. 양지바른 산등성이에 꽃이 많이 피
어 있었다. 큰 꽃은 뒤에 작은 꽃은 앞에. 서로의 얼굴을 가리
지 않고 잘 피어 있다.

"하나씩만 옮겨 갈게. 미안해. 멀리 가진 않아. 저 아래 자
전거 길가에 심을 거다. 서로 바라볼 수 있어. 앵초, 금영화,
각시붓꽃, 깽깽이풀, 자주괴불주머니, 아네모네, 제비꽃…."

꽃을 하나 뽑을 때마다 일일이 이름을 불러 주었다. 혹시나
옆에 있는 꽃을 다칠세라 조심했다. 꽃들은 돌 앞이나 뒤에

씨앗은 돌 틈에 뿌렸다. 냇물을 길러다가 흠뻑 물을 주었다. 야생화는 옮겨 심으면 죽는다는 말이 있어 걱정했지만 꽃들이 하나도 죽지 않고 잘 자라서 힘이 났다.

슬기엄마는 송진포 오일장에 가서 암탉과 수탉 한 쌍을 사 왔다. 수탉의 꼬리는 길었다. 햇빛 아래서 빨강, 초록, 파랑으로 변하는 꼬리를 높이 쳐들고 천천히 걸어갈 때면 신사 같았지만 어쩐 일인지 가끔 암탉의 머리를 쪼아 피가 나게 해서 미웠다. 암탉은 하루에 한 알씩 달걀을 낳았다. 달걀 열 개가 모이자 둥지에 넣어 두었다. 암탉이 둥지에 들어가 알을 품었다. 슬기엄마는 그날부터 달력에 별을 그려 표시해 두었다. 정확히 21일 만에 둥지 속에서 삐약삐약 병아리 소리가 났다. 살그머니 다가가 지켜보니 병아리가 안에서 주둥이로 알을 콕콕 쪼아 깨트리고 밖으로 나왔다. 모두 열 마리였다. 하루가 지난 다음에 둥지를 깨끗이 청소해 주었다. 배추 이파리를 송송송 썰고 참깨랑 좁쌀을 섞어 어미닭에게 먹였다. 물도 자주 갈아 주었다. 일주일이 되기도 전에 어미닭이 병아리들을 데리고 장독대 앞으로 소풍을 나왔다. 병아리는 삐약삐약, 슬기는 아장아장. 웃는 소리가 날마다 마당에 넘쳤다.

매미 우는 소리가 숲에서 들려왔다. 어느새 여름이었다. 슬기엄마는 또 산에 올라 여름 꽃을 뽑아왔다. 길가에 심으며 또 이름을 부르며 잘 크라고 부탁했다.

"병아리난초, 털중나리, 메꽃, 비비추, 노루발톱, 산수국, 꼬리진달래, 솔나리, 하늘 말나리…. 죽지 말고 잘 커야 한다. 알았지?"

가을이 되자 온 산에 밤이 익었다. 밤이 익어 떨어질 때까지 그렇게 밤이 많은 줄은 몰랐다. 밤이 수북수북 쌓였다. 슬기네도 줍고 다람쥐도 가져가고, 들고양이, 들쥐도 부지런히 밤을 주워 먹고 자기들만의 창고에 감춰 두었다. 박달나무, 느릅나무, 단풍나무, 고로쇠나무 위로 박새, 참새, 멧비둘기, 까치, 직박구리가 날아다녔다. 새들의 노랫소리로 아침이 시작되고 새들이 짝을 찾는 소리로 밤이 되는 것을 알 수 있었다.

슬기아빠는 쉬는 시간이 점점 길어졌다.

"여보! 너무 힘들면 이제 그만해요. 괜찮아요. 슬기가 크면 같이해요."

"첫술에 배부를까. 기왕 시작한 일 끝마쳐야지."

"못 올라갈 나무는 쳐다보지도 말랬다고 힘들면 그만둬요."

"백짓장도 맞들면 낫다고 당신이 도와 주니 걱정 없어. 할 수 있어."

슬기아빠의 건강은 날로 나빠졌지만 고집을 꺾을 수가 없었다. 가을이 지나고 겨울이 왔다. 워낙 깊은 산골이라 뼛속까지 추웠다. 슬기엄마 생각엔 오히려 잘 되었다 싶었다. 날마다 쌓이는 눈 때문에 길 내는 일은 엄두도 낼 수 없었다. 죽은 나무를 모아 놓은 것으로 군불을 땠다. 굴뚝에서 연기가 끊이지 않는 만큼 방은 언제나 따뜻했다. 슬기는 찐 밤과 고구마를 먹고 튼튼하게 자랐다. 마루 밑 병아리들도 중병아리가 되었다. 그 겨울 슬기아빠는 기침을 자주했다.

"여보, 쭉 마셔요. 도라지를 말려 달였어요. 밤꿀도 탔어요. 기침약이에요."

"당신은 모르는 것이 없네. 박사야. 박사님, 고마워요. 하하하."

"산에 살면 그렇게 되나 봐요, 호호호."

다음 해에도 그 다음 해에도 자전거 꽃길 만들기는 계속되었다. 눈이 녹아 축축해진 땅에서 돌을 뽑아내기는 쉬웠지만 일은 점점 늦어졌다. 슬기아빠 몸이 점점 쇠약해지기 때문이었다.

마켓도 없고 오일장은 너무 멀었지만 슬기엄마는 밥상을 푸짐하게 차려냈다.

"여보, 이건 곰취나물이에요. 암을 예방해 준대요. 많이 잡수세요."

"참 맛있네. 이건 무슨 나물인가?"

"이건요, 고비예요. 이를 튼튼하게 해 준대요. 많이 먹어야 해요."

"당신은 모르는 것이 없네. 어제는 무슨 나물을 캐 왔소?"

"어디 보자. 개망초, 이밥나물, 까막눈, 개미취, 고비, 으너리, 곤드래, 곰취… 산나물만 한가득 뜯어 왔어요."

슬기네는 냉장고가 없었지만 걱정이 없었다. 집 뒤 바위 밑에 굴을 파고 그 속에 음식물을 넣어 두었다. 그곳엔 서늘한 공기가 변함이 없었다. 산에서 사는 동안 이 가족은 많은 것을 배웠다. 선생님은 따로 없었다. 날씨와 산이 어떻게 살아가야 할지 깨닫게 해 주었다.

"여보, 쉬었다 하세요. 당신이 아프면 꽃길이 무슨 소용 있겠어요?"

아내는 한결같이 남편을 보살폈다. 계란프라이, 계란찜, 달걀볶음밥, 계란말이, 옥수수콘 계란말이, 장조림… 매일 바꿔 가며 달걀요리를 했다.

"당신이 만든 건 뭐든지 맛있어. 손맛이 최고야!"

"맛나게 먹어 줘서 고마워요, 여보!"

슬기아빠는 세상에서 봉순이가 제일 예쁘다고 생각했다. 봉순이만 곁에 있으면 뭐든지 잘할 것 같았다. 슬기엄마도 자기 남편이 최고라고 생각했다. 다리를 조금 절뚝거리기는 했지만 그보다 더 중요한 것은 마음씨라는 것을 잘 알고 있었다. 눈에 보이지는 않지만 마음속에 있는 씨가 정말 아름다운 사람이었다. 꿈을 꿀 줄 알고 꿈은 이루어진다 믿는 사람, 예쁘지도 않는 자기를 예쁜이라 불러 주는 사람. 그런 사람을 알아보고 결혼한 자신이 자랑스러웠다.

누가 시간을 날아간다 했을까. 정말 세월이 빨랐다. 슬기가 벌써 여섯 살. 내년 봄이면 학교에 간다. 자전거 꽃길도 완성되었다. 겨울이 오기 전에 마무리에 들어갔다. 장맛비에 돌담이 무너지지 않도록 돌 틈새를 작은 돌로 꼼꼼히 막아 주었다.

패인 바닥은 흙을 돋아 꼭꼭 밟았다. 셋이서 손을 잡고 단단히 다져 나갔다. 학교가 있는 면소재지까지 4킬로미터 길이었다. 만만치 않은 거리인데도 웃으며 하니 즐거웠다. 길 양편에 피어 있는 가을꽃들이 방긋방긋 웃으며 인사한다. 코스모스, 구절초, 쑥부쟁이, 투구꽃, 비파, 돌쩌귀, 고들빼기, 해바라기, 털 이슬, 산국, 가막사리들이다.

감나무 위 높은 가지에 감을 까치가 먹고 있었다. 까치밥이었다. 가을도 다 지나고 겨울이 오고 있었다. 슬기아빠는 올겨울에도 아들에게 한글을 가르쳤다. 아들은 송. 슬. 기. 이름을 척척 썼다. 마을에 나가서 동화책을 구해 왔다.

"엄마를 닮아서 애가 한글을 빨리 배우네!"

아빠의 칭찬에 아이는 손에서 책을 놓지 않았다. 동화책을 읽고 그것을 베끼기도 했다. 책에 있는 그림을 그리느라고 코를 훌쩍거리며 고개를 들지 않았다.

"다른 아이들처럼 유치원엔 못 갔어도 우리 슬기는 책도 잘 읽고 그림도 잘 그리고 걱정할 것 하나도 없네. 어디서 이런 복덩이가 우리한테 왔을까?"

밤이면 군고구마를 앞에 두고 엄마 아빠는 오순도순 얘기를 나누었다. 슬기는 아빠의 자전거 뒤에 타고 학교에 가는 꿈을 꾸고 있었다. 부엉부엉 어디선가 부엉이가 울고 겨울밤은 깊어만 갔다. 괜찮다. 다 괜찮다. 마당엔 소리 없이 눈이 내렸다.

겨울이 지나고 천지에 꽃이 피는 봄, 산도 들도 기지개를 켠다. 슬기아빠는 자전거를 타고 학교 앞 문방구점에 가서

일학년 학생이 필요한 것들을 사왔다. 돌아오는 길은 너무 기뻐서 마치 구름 위를 나는 것 같았다고 했다. 슬기엄마는 말했다.

"당신이 6년 동안 닦아 만든 길. 꿈이 이루어졌는데 춤이라도 춰야지요."

오랜만에 먼 길을 다녀와서 그런지 슬기아빠는 머리가 좀 아프다며 일찍 잠자리에 들었다. 소쩍, 소쩍, 소쩍새가 구슬피 울어도 봄밤은 평화롭게 깊어만 갔다.

다음 날 아침, 부지런한 슬기아빠가 늦잠을 자는지 일어나지 않았다. 마당에 까마귀가 새까맣다. 여보! 여보! 흔들어도 눈을 뜨지 않았다. 깊은 잠에 빠진 듯했다. 늦게 도착한 의사의 모진 말에도 슬기엄마는 눈물을 보이지 않았다. 눈물은 차라리 너무 가볍다 생각되었다. 급성 뇌출혈이었다.

"아빠, 내 이름 아시죠? 아빠가 지이준 이름 송슬기. 주소도 알지요? 하늘나라가 아무리 멀어도 편지 보내 주세요. 기다릴게요, 아빠!"

슬기의 말에 까치 한 마리가 날아와 공중을 빙빙 돌았다. 슬기를 보고 자전거길을 보고 하늘이 빨갛게 물들 때까지 슬기와 함께 있었다.◦

돌
멩
이
의

꿈

여름방학이었다. 한국에서 온 김한바다라는 아이가 데스밸리에 여행을 왔다. 회색의 작은 돌멩이 하나가 호기심 많은 그의 눈을 사로잡았다. 밤톨만 한 몸에 혹이 툭 튀어나와 짱구 같았다. 가슴에 하얀 무늬가 박혀 있었다.

"엄마, 이것 봐요! 화석이야. 내가 발견했어. 새우 같아. 발이 열 개. 신기하네. 여기가 진짜 바다였나 봐요."

아이의 목소리는 높아졌다. 교과서에서 배운 것을 보니 가슴이 뛰었다.

짱구 돌멩이가 서 있는 이곳은 사막의 모래언덕이다. 생물이 살 수 없는 데스밸리(Death Velley), 죽음의 골짜기다. 데스밸리는 미국 캘리포니아 동쪽에 있다. 세계에서 가장 뜨거운 사막 중의 하나다. 짱구는 아주 오래 전부터 여기 살았다. 아빠바위한테는 꼬맹이에 불과하지만 그래도 천 년을 넘게 살았다. 긴 세월 살아오는 동안 많은 돌멩이 친구들은 모래로 부서져 바람에 날아갔다. 짱구는 아직 돌멩이로 남아 있다. 짱구의 마음속에는 남다른 사랑 얘기가 숨어 있다.

"또다시 혼자가 되었네. 처음부터 꿈을 꾸지 말았어야 했나 봐."

짱구 돌멩이는 중얼거렸다.

"너는 이제 혼자가 아니잖니."

초록별의 목소리였다. 낮이라 얼굴은 볼 수 없지만 소리는 알 수 있었다.

"둘이다가 혼자가 되니 더 외로워 슬퍼. 차라리…."

"차라리 혼자 있었던 때가 좋았다고 말하지 마. 같이 사는 게 좋은 거야. 너는 행복했고 추억을 간직하게 되었어. 아름다운 추억은 너의 보물이야. 네 가슴에서 영영 지워지지 않아."

"맞아. 짧았던 그 날들이 내 생애 가장 빛났던 때였지. 행복했어. 꿈을 이루었지."

짱구는 보이지 않는 별을 향해 눈을 깜빡거렸다. 작은 눈에서 기쁨의 눈물이 반짝 빛났다. 눈물 한 방울이 쪼르르 흘러 보랏빛 투구모자에 떨어졌다. 모자 아래서 작은 눈이 살짝 떠졌다. 분홍새우였다. 그는 짱구의 가슴팍에서 자고 있었다. 잠자는 백설공주 같지만 눈물에 젖을 때면 잠깐 눈을 뜰 수 있었다. 발가락도 꼼지락거렸다. 가늘게 움직여서 돌멩이는 눈치 채지 못했다. 하루살이가 무는 것보다도 힘이 없었으니까. 이렇게 힘없이 잠만 자고 있는 분홍새우가 짱구머리 돌멩이에게는 소중하기만 하다. 바람과 뜨거운 태양뿐인 죽음의 사막에서 그가 날마다 노래하며 지금이 행복하다고 웃는 이유는 가슴에 새겨진 분홍새우 때문이다.

어느 날 밤이었다. 궁금한 것이 많은 짱구는 아빠바위에게
물었다.

"아빠, 왜 우리는 하필 사막에 살게 되었나요?"

"처음부터 사막은 아니었단다. 옛날엔 바다였지."

"나는 바다가 더 좋아. 물고기도 있고."

"나는 바다 속 바위였는데 어느 때부터인가 비가 오지 않
아 바닷물이 다 말라 버리고 시간이 흐르면서 바다가 땅이
되고 산도 되었단다."

짱구는 새삼스럽게 사방을 휘둘러보았다. 오직 바위와 모
래뿐인 메마른 사막에서 몇천 년을 살아왔다는 사실이 믿어
지지 않았다.

"아빠, 물고기 얘기 좀 더 해주세요."

"물고기들은 물속에서 헤엄쳐 다니지. 바위는 한 자리에
서 있지만 그 애들이 찾아와 심심하지 않았다."

"물고기도 발이 있나요? 나는 발 있는 친구가 필요해요."

"하하, 맹랑한 녀석. 왜 발이 필요하니?"

"내 발이 되어 줄 수 있으니까요. 그리고 내 여자친구는 모
자를 썼으면 좋겠어요."

"왜 또."

"헤헤, 멋있잖아요."

아빠는 바닷물이 마르던 얘기를 했다.

"그땐 참 굉장했다. 그 많던 물이 다 사라지고 소금만 남더라. 물고기는 말라 뼈만 남았어. 어떤 물고기는 알을 모래에 묻었지."

"발 있는 물고기는 없었나요?"

"가만 있자. 그래, 투구새우는 발이 있었단다. 아마 열 개였지."

"우와, 열 개나!"

"모자 쓴 새우인데 모자가 투구꽃같이 생겼어."

"옛날 군인 모자 엄청 멋있는 모자 알아요. 나는 새우 아가씨와 친구할 거예요."

"얘야, 그건 몇만 년 전 얘기란다. 미안하다."

"나는 꿈을 꾸는 거예요. 꿈을 가지라고 아빠가 가르치셨잖아요."

이때부터 짱구는 앞만 보고 달리는 코뿔소처럼 오직 새우 얘기뿐이었다.

"그 새우, 분홍새우?"

"모르겠다, 너무 오래 되어서."

"분홍새우 맞아. 모자가 보랏빛이면 분홍이 어울리지. 투구꽃은 보라색이거든."

"얘야, 새우한테는 물이 있어야 해."

"알아요. 초록별한테 빌고 있어요. 비가 올 거야. 난 믿어."

"몇천 년 동안 비가 오지 않는 사막에 갑자기 새우라니. 얘야, 잊어라."

하지만 새우 생각에게 정신을 빼앗긴 돌멩이는 밤마다 초록별에게 분홍새우를 만나게 해달라고 빌었다. 새우를 만날수 있다고 믿었다. 믿는 데는 그럴 만한 이유가 있었다. 그것은 발 없는 돌멩이가 밤마다 여행을 떠나는 비밀을 간직하고 있기 때문이었다.

사람들은 데스밸리의 돌은 움직이지 못한다고 알고 있다. 하지만 돌들은 밤마다 길을 떠난다. 이것은 별과 바람과 모래만 아는 비밀이다. 낮이면 머리카락을 태울 것 같은 더위가 계속되지만 밤이면 하늘색 바람이 불고 이슬이 내린다. 돌들의 궁둥이를 받치고 있던 모래방석이 촉촉해진다. 바람이 돌의 등을 슬쩍 밀어주면 바람의 방향으로 미끄러지는 것이다. 하늘에 별들이 총총히 내려다보며 까르르 웃음을 터뜨리고 돌들의 휘파람소리가 대지에 가득 찬다. 해가 떠오르면 바람은 자고, 돌은 잠깐 멈춤, 마치 술래잡기 놀이 때처럼 얼음이 된다.

데스밸리에 괴짜 콧수염 아저씨 별장이 있다. 그는 어렸을 적에 이곳에 한 번 왔다. 전기불이 없는 온전한 어둠 속에서 데스밸리의 별을 보고 정신을 빼앗겼다. 모래를 흩뿌려 놓은 듯이 많은 별들이 다이아몬드가 되어 빛나고 있었다. 아름답다, 예쁘다 이런 말로는 표현이 부족해 그는 입을 벌린 채 오 랫동안 멍하니 서 있었다.

"어른이 되어 돈을 벌면 반드시 이곳에 별장을 지어야지."

결심한 대로 그는 열심히 일해서 부자가 되었다. 사방을 볼 수 있는 유리집을 지었다.

"바다나 산에 별장을 짓지 아무것도 없는 데스밸리에 왜 저런 집을 지어?"

평범한 사람들의 평범한 말이었다.

어느 날이었다. 콧수염 아저씨의 외동딸이 이 집 베란다에 서 있었다. 별밤이 너무 황홀해서 뜬 눈으로 밤을 밝혔다. 그 는 침묵 가운데 모래언덕과 돌산과 하늘이 새롭게 눈을 뜨는 것을 보았다. 공기가 스쳐 지나가는 소리와 모래끼리 속삭이 는 소리도 들었다. 그녀의 귀는 아침의 나팔꽃보다 에인젤스 트럼펫꽃보다 넓게 열렸다. 눈은 인어공주의 눈보다 밝아졌 다. 이리하여 온 우주와 친구가 되어 한 숨도 잘 수가 없었다. 아가씨는 동쪽 언덕을 바라보았다. 인디언 핑크로 물든 하늘 에 흰 구름 두둥실, 스칼렛장미 빛깔로 빨갛게 바뀌는 하늘 을 보려고 앞으로 몸을 숙였다.

"저 아가씨인가, 모자를 썼네?"

베란다 아래서 짱구가 말했다. 모자 쓴 새우만 생각하고 있 던 짱구였다.

"누구야? 누가 뭐라고 하는 것 같네."

아가씨는 아래를 내려다보다가 돌멩이와 눈이 딱 마주쳤지만 알아채지 못했다. 읍쓰! 돌멩이는 입을 다물었다. 바람이 없어 움직일 수도 없었다. 시치미를 뚝 떼고 눈만 깜빡깜빡했다. 발이 두 개뿐인데다 모자는 분홍레이스 은방울꽃 모양으로 투구모자가 아니었다.

"예쁘긴 하지만 내 친구는 아니야. 발이 두 개뿐인걸."

짱구는 자기 머릿속에 그려진 새우를 생각하며 실망한 목소리로 중얼거렸다.

"아가, 그 새우는 몇만 년 전에 바다 속에 살았어. 제발 잊어 버려라."

눈치 빠른 아빠바위의 말에 짱구의 가슴이 찌르르 아팠다. 잊기엔 너무 늦었음을 그는 알고 있었다. 분홍새우는 그의 생각 속에 함께 살고 있었다.

"괜찮아요. 위로하지 마세요. 내 꿈은 이루어질 테니까요."

사막에 사는 것을 불평할 때 아빠는 말했다.

"별이 가장 아름다운 곳은 사막이다. 돌이 발이 없다지만 밤마다 바람이 너를 여행시켜 준다. 네가 사는 이곳을 사랑하지 않으면 좋은 생각이 들어오지 못해. 마음 바탕을 사랑이 자랄 수 있게 꾸며야 행복해지지. 불평은 가시와 같아서 너를 찌르고 가시울타리가 되어 외톨이가 되게 한다. 네가 행복해야 그 빛으로 다른 돌들도 행복하게 할 수 있다."

짱구는 아빠바위의 말을 믿었다. 작은 돌맹이들과 더 다정하게 놀았다. 초록별에게도 속마음을 하나도 빼지 않고 솔직히 털어놓았다. 자기는 새우 아가씨를 사랑하고 있다고. 단짝 친구 초록별은 반짝반짝, 신호를 보내 주었다. 충분히 이해한다는 뜻이었다.

시간은 변함없이 흘러갔다. 데스밸리는 역시 불같이 뜨거웠고 비는 오지 않았다. 그날도 도시 텔레비전에서는 일기예보를 알리고 있었다.

"지구 온난화 현상으로 오늘부터 데스밸리에 폭우가 쏟아지겠습니다. 그 방면의 여행을 삼가 주십시오."

이어서 데스밸리에 우르릉 쾅쾅! 번개가 쳤다. 연이어 산을 무너뜨릴 듯 계속 천둥번개가 치더니 비가 퍼붓기 시작했다. 물탱크로 쏟아 붓는 것 같았다. 짱구는 아빠, 아빠 부르다가 내가 결국 모래가 되는구나 생각할 틈도 없이 기절하고 말았다.

그로부터 며칠이 지나갔다. 날씨는 또다시 쨍쨍, 언제 비가 내렸나 싶게 시치미를 떼고 데스밸리는 또다시 불가마처럼 뜨거웠다. 이곳이 며칠 동안 바다가 되었다는 사실을 믿을 수가 없을 것이다. 짱구가 모래를 털고 눈을 떴다. 하품을 길게 했다. 그는 눈을 비비고 사방을 둘러보았다. 눈앞에 무엇이 꿈틀거렸다.

"너는 누구니?"

"나는 분홍새우야. 일곱 살."

자벌레같이 가늘고 기다란 그것은 뒤집어 쓴 모래를 부르릉 털어내고는 묻지도 않는 나이를 말했다. 태어난 지 일주일쯤 된 모양이었다.

"어쩌면! 네가 분홍새우? 그래 모자를 썼구나, 투구꽃 같은. 어디 발 좀 보자."

"발은 열 개야. 원래 그래."

"아, 분홍새우 아가씨! 너 바다에서 왔니?"

"몇만 년 전에 엄마가 바다 밑에 알을 낳았는데 바다가 말라서 난 태어나지 못했단다."

"그런데 비가 와서 모래 골짜기가 바다가 되는 바람에 알에서 태어났구나!"

짱구는 말을 하려다 말고 목까지 차오르는 슬픔을 꿀꺽 삼켰다. 눈물이 흘렀다.

"나도 알아. 이제 바다는 없어. 금방 사라졌어. 난 물이 없으면 살 수 없지만 괜찮아."

짱구는 천진스런 분홍새우의 얼굴을 바라보았다.

"누구나 잠깐 살다 죽는 거야. 난 행복해. 널 만났고 세상구경도 했고. 고맙지 뭐."

　　"맞아 우리 살아있는 동안 멋진 여행을 하자. 싸우지 말고
후회할 일 없이 살자."

　　분홍새우는 짱구를 만나기 위해 세상에 태어난 아이처럼,
몇만 년 전부터 짱구를 만나기 위해 꿈꾸고 있었던 것처럼
짱구의 가슴에 찰싹 안겼다. 바람이 사랑과 질투가 묻어 있
는 손으로 등을 슬쩍 밀었다. 그 밤 들이는 여행을 떠났다. 별
들이 내내 함께 걸었다.

　　낮이면 새우는 가슴팍에서 죽은 듯이 잠을 잤다. 밤이슬로

살아가는 새우의 목숨이 얼마 남지 않았다는 것을 알고 있었다. 짱구가 심장을 할딱거리며 사막의 노래를 부를 때면 죽음의 사자도 새우를 떼어가지 못하리라 믿었다. 그 슬픈 노래에 맞춰 하늘과 바람과 별이 손을 잡고 빙빙 돌았다. 사막의 왈츠였다. 사막은 초록과 분홍과 황금빛으로 빛나며 오로라가 되기도 했다. 발가락 열 개가 피아노 치듯이 꼼지락거렸다. 짱구의 가슴이 행복에 겨워 터질 것만 같았다. 새우가 아직 살아있기 때문이다. 두 가슴은 쿵쿵 뛰었다.

유난히도 뜨겁던 한낮, 짱구의 가슴이 간질간질했다.

"잘 있어. 또 만나자."

새우 아가씨가 발가락으로 돌멩이의 가슴에 글씨를 새기고 있었다. 알고는 있었지만 예고 없이 찾아오는 이별 앞에 짱구는 온몸이 굳어지는 충격을 감당할 길이 없었다.

무정한 태양빛은 온힘을 다해 새우의 몸에 내리비쳤다. 피할 길은 없었다. 마침내 해가 지기 전에 새우는 투구모자 아래서 조용히 눈을 감았다. 마지막 남은 그날의 햇빛이 자기의 일을 마무리하겠다는 듯이 시체를 바짝 말렸다. 발가락 열 개가 하얀 흔적만 남았다.

산 그림자가 죽음의 보자기처럼 계곡을 덮으면 곧 거만한 바람이 골짜기를 헤집고 다닐 것이다. 새우는 먼지 가루가 되어 우주 속으로 사라질 것이다.

새우 아가씨의 혼은 사랑하는 짱구를 떠나지 않겠다고 했다. 그는 짱구의 가슴팍에 깊이 파고들었다. 짱구의 가슴에 발가락 열 개가 오롯이 박혀졌다. 새우 아가씨는 짱구돌멩이 몸에 음각되었다. 화석이 되었던 것이다. 짱구돌멩이는 하늘 땅 우주 공간을 우러러 감사의 기도를 올렸다.

"고맙습니다. 혼자가 아니라는 것을 알게 되었어요. 우리 모두 함께 여행하고 있지요."❋

달맞이꽃이 되어

철학동화 전 5권을 마지막으로 30여 년 만에 다시 동화집을 내게 되었다. 몸이 지쳐 아무것도 할 수 없을 것 같을 때 결정했다. 역경 속에서도 희망을 가지고 행복을 꿈꿀 수 있게 도와주시는 분께 무한 감사드린다. 아픈 사람이 내 동화를 읽고 힘을 냈으면 한다.

첫 동화집 『초록반 아이들』을 낼 때 일이다. 원고 얘기를 했을 때 김영사에서 당시 베스트셀러가 된 어떤 외국 작품 얘기를 하면서 '더 재미있겠다'고 빨리 원고를 달라고 했다. 사실 원고는 쓰지도 않은 상태였고 내 머릿속에만 있었다. 하루 만에 몇 꼭지를 써서 가져갔다. 그 자리에서 계약이 이루어졌다. 『초록반 아이들』은 그렇게 탄생했다.

왕초보의 책이 베스트셀러 반열에 올랐을 때 한 기자가 '짧은 기간에 그렇게 재미있는 많은 얘기를 어떻게 쓸 수 있느냐'고 물었다.

"이야기들이 목까지 차올라 걸을 때마다 뚝뚝 떨어져요."

그때 내가 한 대답이었다.

나는 초등학교 시절, 버스가 다니지 않는 강촌에서 왕복 두 시간씩 걸어서 학교에 다녔다. 그때 자연으로부터 많은 것들을 보고 들었다. 무엇보다 사계절이 뚜렷했다. 내게 그 사계절은 그게 여덟 계절보다 더 섬세한 느낌으로 다가왔다. 그 감각들은 화선지에 물감을 풀어 놓은 듯 선명했다. 내 동화에 갓 돋아난 버섯에서 외계인을 찾아내고 팜츄리를 공룡으로 그려내는 것들은 모두 이런 어린 시절의 자연감각과 관련한다. 낮에도 자연과 한몸처럼 지내고도 밤중에도 다시 깨어나 별을 바라보며 산울림 소리와 강물이 흘러가는 소리를 들었다. 달맞이꽃처럼 밤에 피어나는 아이였다고 할까.

시간이 많이 흘러갔다. 나는 지금 미국의 캘리포니아 로스엔젤레스에 살고 있다. 할리우드 블러바드 아파트 내 창가에 서면 20층 건물보다 더 높이 자란 팜츄리들이 보인다.

팜츄리는 가로수이기 때문에 공중에서도 줄 맞춰 서 있다. 마주 보며 얘기하다 춤을 추기도 한다. 땅에서 일어나는 일들을 낱낱이 보고 있으나 참견하지 않는다. 무심한 듯 점잖은 자세로 꼿꼿이 서 있다. 냉정해 보인다. 그러나 보고 들은 것들이 무거워지면 털어내는 날이 있다. 바람 부는 날이다. 머리칼을 풀어 훌훌 날려 버린다. 쇠기둥처럼 단단한 몸뚱이 끝에 나풀거리는 이파리 그 속에 천사가 숨어 있지 않을까 궁금하다. 거대한 나무들이 도시의 소음 속에 침묵하고 있는 것이 믿어지지 않는다. 지상의 어지러운 삶을 이해하고 용서하는 것일까. 너무 시끄러운 날은 팜츄리가 나서서 경찰 같은 역할을 해 주지 않을까 기대도 해본다,

로스엔젤레스에 오는 사람은 팜츄리와 보랏빛 꽃이 피는 자카란타가 있어 마음이 편안함을 느낄 것이다. 나도 그랬다. 나는 팜츄리의 단단한 몸매와 대담하게 풀어헤친 초록색 장발에 반해 사랑에 빠졌다.

어느 달 밝은 밤 나는 또 달맞이꽃이 되어 별을 보고 있었다. 할리우드 스타의 거리에 완전히 인적이 끊긴 두 시였다. 나와 마주 보고 있던 팜츄리가 홀연히 거리로 걸어 나왔다. 나무가 아니라 티라노사우루스였다. 7,000만 년 전의 공룡이다. "그럴 줄 알았어!" 나는 마치 기다리고 있었다는 듯이 소리쳤다. 놀라지도 않았다. 나무들에서 늘 다른 얼굴을 보았으니까. 이윽고 모든 가로수들이 공룡이 되어 저벅 저벅 저벅…. 도시는 이제 공룡시대가 되었다. 물론 나도 같이 다녔다. 목마 타거나 날개에 탔다. 우리는 산타모니카와 말리부 해변에 가서 바다 쓰레기를 치웠다. 기차 지붕에 앉아 샌프란시스코도 갔다. 밤마다 만나도 할 일은 많다.

샤갈은 사람들이 자신의 그림을 보고 환상적이라고 하자 매우 놀라며 현실에 바탕을 둔 지극히 사실적인 그림이라고 했다. 나는 공감한다. 내 동화를 읽고 누가 '환상적'이라고 하면 나도 샤갈처럼 대답할 것이다. 어떤 사건이나 사물을 보면 이야깃거리가 포착된다. 1%라 할지라도 그것은 사실에 근거를 두었다. 소재 발굴의 촉각은 초등학교 때 걸어 다니며 발달된 것이다. 논둑, 밭둑, 오솔길, 골목길, 산길, 강둑길, 저수지길, 오르막길 내리막길…. 참 많이 걸어 다녔다. 꽃이 피고 지고 곤충이 울고 바람이 불었다. 자연은 감정표현이 분명했고 우리보다 힘이 셌지만 좋은 친구였다.

나는 일찍이 스토리텔링을 좋아했다. 전기가 없던 시절 등잔불 아래 조카들이 모여앉아 내가 하는 이야기를 들었다. 책도 귀해서 소재가 바닥나면 지어서 들려주었지만 청중들의 성화에 중학 진학으로 도시로 떠날 때까지 계속되었다. 동화작가의 토양이 되었다고 믿는다.

지금까지 13편의 동화를 냈다. 영산강 가 조그만 강촌의 어린 시절 얘기를 많이 쓰고 싶은데 이번에 두 꼭지가 들어가 있을 뿐이다. 그 얘기도 흡족하지 않다. 꼭 쓰고 싶은 이야기는 내 안에 숨어 있다. 아직 진짜는 시작도 않았는데 아픈 몸이 되었다. 남겨둔 습작은 없다. 팬을 들었을 때 최선을 다해 눈에 보이듯이 이야기를 이끌어야 한다.

다시 동화집을 낸다면 초등학교 때의 기억이 비 맞은 배추 이파리처럼 새파랗게 살아날 것 같다. 옛 기억이 더 뚜렷해지니까. 쓰고 싶은 이야기들이 맘속에 숨 쉬고 있음을 느낀다. 나는 꽃을 품은 나무와 같다. 꽃나무는 눈보라 휘몰아치는 겨울에도 품속에 꽃을 간직하고 있다가 봄이 되면 톡톡 뱉어낸다. 외국에 오래 살고 있으니 문장이 매끄럽지 못하다. 그래도 바람 부는 날 보고 들은 것들을 풀어내는 팜츄리처럼 내 안에 살아있는 얘기들을 계속 쏟아내고 싶다. 이러한 의욕이 왜 내 생애 가장 아픈 시점에서 솟아나는 것일까 알 수 없다.

처음 그려보는 삽화다. 내 그림을 곁들인 동화책이 꿈이었다. 초등학교 때 선생님이 내 그림을 보고 "이게 뭐야? 지붕에 불났냐?" 한 마디에 그림 그리는 것을 싫어하게 되었다. 사실은 지붕에 고추가 널려 있었던 흔한 풍경화였다. 어린이는 여린 새싹과 같아 칭찬하면서 투지력을 길러 주어야 한다고 생각한다.

2023년은 내 인생에서 폭풍우 몰아치는 한 해였다. 그 와중에 모아둔 원고로 책을 내기로 결심했다. 하고 싶은 일을 할 수 있는 황홀한 자유를 종착역에 닿기 전에 누리고 싶었다. 어떤 고통 속에서도 그림을 그리고 동화를 쓰는 일은 나를 행복하게 한다. 동화작가로 사는 일은 세월을 거슬러 살 수 있게 해 준다. 세련되지 못한 그림도 눈감아 주시고 기꺼이 출판을 맡아주신 곰곰나루에 감사드린다.

부족한 나를 눈물 속에 핀 꽃같이 웃게 해준 친구들이 참 많다. 장기 하나를 떼어주겠다 우기시는 동화작가 정 선생님, 자신도 아프면서 나를 돌보는 추니, 미주한국문인협회와 '시인만세' 회원들, 기도해 주는 교우들, 사랑하는 내 가족과 친지들 그리고 아파트 친구들 많은 지인들이 약한 나를 위해 기도하고 있음을 알고 있다. 나는 달맞이꽃이 되어 모두가 잠든 밤 보이지 않는 것과 들리지 않는 것을 느낄 일이다. 걸을 때마다 이야기가 무거워서 발치에 뚝뚝 떨어지면 또 그것들을 다 풀어낼 일이다. 내 얘기가 누군가를 미소 짓게 한다면 나는 행복할 것이다. 행복 바이러스가 많이 퍼져 나갔으면 좋겠다.

어젯밤엔 가을비가 내렸다 팜츄리가 머리를 감았다. 공룡들이 샤워를 했다. 말갛게 씻은 얼굴로 웃었다. 나도 웃었다. 아침이 되었다. 스타의 거리에 별들이 반짝인다. 새 아침이다. 여러분의 창에 희망이 빛나고 있기를 비는 아침이다.

2024년 6월
고마운 마음 별빛으로 간직하며 할리우드 블라버드에서
김태영

김태영 동화집

초판 1판 1쇄 발행 2024년 6월 10일

글 그림 김태영
펴낸이 임현경
책임편집 홍민석   편집디자인 김선민   캘리그래피 김미아

펴낸곳 곰곰나루
출판등록 제2019-000052호(2019년 9월 24일)
주소 서울특별시 양천구 목동서로 221 굿모닝탑 201동 605호
전화 02-2649-0609
팩스 02-798-1131
전자우편 merdian6304@naver.com
인터넷 카페 https://cafe.naver.com/gomgomnaru
유튜브 채널 곰곰나루

책값 20,000원

ISBN 979-11-92621-12-8 (03810)